OREN PERLIN

TRILHAS SONORAS

[TEM VIDA QUE DAVA UMA CRÔNICA]

Editora InVerso

© 2023. Editora InVerso

R. Doutor Goulin, 1523 Alto da Glória
CEP 80040-280 Curitiba-PR
(41) 3254-1616 e (41) 3558-8001
editorainverso@editorainverso.com.br
www.editorainverso.com.br
Facebook.com/editorainverso
Instagram @editorainverso

COORDENAÇÃO EDITORIAL / EDITORA
Cristina Jones

REVISÃO
Camila Dias Manoel

FOTO DA CAPA
Oren Perlin

CAPA, PROJETO GRÁFICO E DIREÇÃO DE ARTE
Adriane Baldini

DADOS INTERNACIONAIS DE CATALOGAÇÃO NA PUBLICAÇÃO (CIP)
MONA YOUSSEF HAMMOUD – CRB/9ª.1393

P451t
PERLIN, Oren. **Trilhas sonoras: tem vida que dava uma crônica.**
Curitiba: Editora InVerso, 2023
198 p. 15 x 21 cm - PTBR
ISBN: 978-85-5540-350-7

1. Contos e crônicas. 2. Versatilidade. 3. Observações. 4. Sensorial.
5. Experiências. I.Título

CDD: 869.34

CONTOS E CRÔNICAS: 869.34
SENSORIAL: 664.80

A meus pais, Aquino e Fany Z´L — *in memoriam* —,
por jamais me negarem um livro,
ou a virar uma página.

Escrever... me ajuda a compreender a vida.

A ÁRVORE E O DESERTO, O SOM E O SILÊNCIO

Há alguns anos, um homem com nome de árvore desembarcou em uma oficina de crônicas, trazendo um texto quase épico sobre o cedro do Líbano (o título é "Tremulante", e você vai encontrá-lo daqui a algumas páginas). O escrito não tinha cara de crônica, pinta de crônica ou roupa de crônica. Era quase o embrião, a semente de um romance.

E o romance se fez (você o tem nas mãos, neste momento). Não um romance clássico, como definido nos dicionários, mas fragmentado, caleidoscópico, polifônico. Romance, sim — apesar da aparência de textos esparsos, de coletânea. Porque é uma narrativa de fôlego, cheia de tramas, personagens, reviravoltas. Uma história que se desenrola em vários cenários, com idas e vindas no tempo, falando de amor, música, aventura, tradição, história, morte, desejo, paz. Tudo aparentemente solto e autônomo, mas amarrado pelos fios da memória, do humor e de um profundo humanismo.

Também pode ser uma sinfonia, com um número maior de movimentos — ora mais rápidos, ora mais lentos; com mais graça, com mais peso. Ou uma guerra: treinamentos, vitórias, derrotas e muitas — muitas! — batalhas.

Romance, guerra ou sinfonia, esta coleção de crônicas é maior que a soma das suas muitas faces. E o livro que está diante dos seus olhos pode ser entendido, ainda, como uma floresta na qual cada árvore guarda seu quinhão de deserto, tanto quanto um som é um rio que carrega, como nascente e foz, um silêncio.

Essas imagens não são aleatórias. Oren Perlin vem de experiências adversas e complementares — com a música e com as armas — antes de aventurar a palavra.

Era músico quando se fez soldado. E continuou sendo, agora que é escritor.

Ao saltar de paraquedas sobre o deserto, durante um exercício militar, é a música que o protege:

"O silêncio me envolve enquanto conto os segundos. E é como contar os compassos que antecedem um acorde" ("Desejo").

E o silêncio, nos seus textos, não é apenas a ausência de som: é um prelúdio.

"Um silêncio que vai despertar o coração cansado da tropa. Como um silêncio de orquestra antecipando o movimento do maestro ao cair da batuta no tempo certo da primeira nota do compasso de abertura" ("Prelúdio").

"Um silêncio assustador... um silêncio que antecipa o drama de algum acontecimento determinante, prestes a acontecer. (...) Ouço a paz e a potência daquele silêncio reverberando em meus ouvidos sempre que o episódio surge na memória. Uma experiência que transcende qualquer silêncio jamais escutado" ("Levanon").

"Em músicas, para cada nota a ser tocada, existe uma notação equivalente ao silêncio. Eu tinha um monte de silêncios me buzinando para (não) tocar" ("Oren, be good").

Na sua obra, dois outros mundos se misturam: Brasil e Israel. Aqui, o (frustrado) concerto na Praia de Botafogo, a corrida matinal na praia, o São Sebastião crivado de flechas perdidas. Lá (mais vivos do que nunca) *Chanoch, Yochai*, a vida que brota no *kibutz*, a esperança contida em

Hatikva, a lição do Pessach. Vizinhos, o grito de dor e o grito pelo gol do Brasil, acompanhado numa tevê em preto e branco, em meio a escombros.

Oren não luta com as palavras: ele as faz cantar.

"O ciúme é uma espécie de miragem da inveja do outro" ("Tango").

"Sempre busquei relacionamentos duradouros em minhas aventuras" ("A lista").

"A nossa alma transgressora vai à luta, primeiro substantivando as coisas: céu, terra, fogo, ar; em seguida comparando, medindo e adjetivando tudo que havia nominado; depois verbalizando para construir enunciados mais complexos e regrar nosso destino: as leis, os impostos, a astrologia; então inventar a mágica das metáforas e figuras de linguagem" ("De corpo e alma").

"Penso nas leis da física enquanto a noção de gravidade se perde. Penso nos elétrons da minha pele reagindo aos elétrons dele. Então é isso?" ("Tenho sede!").

"Milhares de girassóis despertam ao mesmo tempo. Erguem a cabeça e se voltam em uníssono, mirando, obedientes, para uma só direção, como uma tribo de um povo antigo seguindo os passos de um profeta" ("O improvável").

Permeando todos os textos, há o humor. Não necessariamente o clássico humor judaico, mas um humor particular, judaicarioca, orenperlínico. Que permite, ao narrar a celebração do Pessach, confidenciar que sacrifício mesmo não é vagar 40 anos pelo deserto, mas *"segurar a fome, escutando o desenrolar dessa história — que todo mundo está cansado de saber — por mais de uma hora"*. E se dizer "na fossa" quando está nela, literalmente. Ou definir a Torá como um seriado com cinco temporadas e tretas de proporções bíblicas, gravadas em grandes rolos — *"e não tem essa de página virada, não"*.

"Sou feliz assim: árvore crescida por inteiro", diz ele em "No espelho". E, no que era o deserto de cada página, Oren planta essa árvore. Que poderíamos, também, chamar de crônica — ou de capítulo, movimento, estudo para um autorretrato. Ao virar a última destas páginas, você terá caminhado por uma floresta. De cedros, pinheiros, figueiras — e acordes, silêncios, olhares, gestos, medos, gozos.

Para quem se inicia agora na leitura dos textos do Oren Perlin, cabe uma única advertência: prepare o seu coração para as coisas que ele vai contar.

Eduardo Affonso

O SINGELO E O PROFUNDO

Há algo de crônico nas crônicas de Oren Perlin.

Cozinhadas a fogo baixo, manifestam a tensão entre sereno e pujante, rotineiro e raro, interno e externo. Escrita que vai dando ao leitor a confiança de que o autor entrega; de que as alusões e caminhos não são gratuitos e de que a trama de suas emoções e pensamentos se entrelaça artisticamente, revelando veredas por meio de seu firme comando. Simples e direto ele se impõe, e somos levados, quase à revelia, na corrente de sua escrita. A ausência de ruídos, mesmo quando descreve guerra e combate, encaminha o leitor para um tempo silencioso e próprio. Oren tem plena maestria sobre a cena e só permite ficar visível ou audível aquilo que ele retrata, não deixando brecha ou fôlego para o leitor se retirar em imaginação própria. O comando é seguro, e, quando o leitor pensa em resgatar autonomia, uma curiosidade ou uma jocosidade, recobra o mando inconteste do guia narrativo do autor.

Escrita brilhante que domina a trajetória de sua prosa, mas sabe também arquitetar as medidas e os volumes de seus "causos", preenchendo de significados o inusitado de sua trilha: desde onde começa, por onde quer passar e, principalmente, por onde não quer passar.

Esse talento vai cativar o leitor, que vai se deliciar por textos encharcados de humanidade e sensibilidade.

Escrita hipnotizante que levará o leitor a ler sem nenhum esforço, sustentada pela aptidão ao despretensioso, ao simples e ao criativo.

As narrações biográficas têm, por um lado, a potência de ser a revelação de um outro, e por outro, a estranha identificação de ser a experiência do próprio leitor, estabelecendo um clima íntimo de fragmentos biográficos universais.

Surge um escritor no horizonte. Desponta um livro delicioso de ler e que não frustra a eterna ansiedade da literatura — produzir o singelo e o profundo integrados numa mesma composição.

Como disse, um livro crônico que ficará com você!

Rabino Nilton Bonder

APRESENTAÇÃO

Não sou escritor. Mas isso não me impediu de ousar escrever este livro. E, já que você o tem em mãos, considere-o como uma prosa entre amigos numa mesa de bar em frente ao caixa que traz pendurada uma placa onde se lê: "Conversa fiada só amanhã".

Tem vida que dava uma crônica! E só percebi isso quando, no auge da pandemia, por descuido ou fantasia, resolvi participar de uma Oficina Literária de Crônicas conduzida por dois talentos que muito admiro: Eduardo Affonso e Carlos Eduardo Novaes.

Nos últimos anos, minha habilidade de expressar criatividade e sentimentos por meio da arte havia se perdido em meio a demandas de outra ordem (que não da Ordem dos Músicos do Brasil, cuja carteirinha, obtida em 1976, ainda guardo com carinho). Não posso fazer certas coisas que gostava de fazer, pensei, mas ainda posso contar histórias. E o que poderia ser melhor do que tirar proveito das provocações surgidas ao longo das oficinas para relatar passagens interessantes por mim vividas?

Trilhas sonoras não pretende ser um livro de memórias. Mas é tudo verdade. E, mesmo nos textos de mais pura ficção, encontro resgates de experiências marcantes que reverberam nas minhas lembranças, e *insights* colhidos pelo caminho.

Você vai notar que embaralhei temas, estilos e *levadas* como se fosse um DJ buscando trazer ritmo e animação para a pista (depois de beber todas). Por isso mesmo, sinta-se à vontade para percorrer as trilhas dessa *playlist* a seu gosto.

O autor

לֵךְ לְךָ - LECH LECHÁ

לֶךְ לְךָ מֵאַרְצְךָ וּמִמּוֹלַדְתְּךָ וּמִבֵּית אָבִיךָ אֶל הָאָרֶץ אֲשֶׁר אַרְאֶךָּ

"Vá a si, anda da tua terra, da terra de tua linhagem e da casa de teu pai, até a terra que te mostrarei."
(Bereshit, Gênesis 12, 1-17, 27)

Não venho de família religiosa, mas estudei em escola judaica. E, como todo menino judeu que completa 13 anos, tive o meu *Bar Mitzvá:* aquela solenidade bacana em que, além da festa e dos presentes (vocês não imaginam a quantidade de chaveiros e canetas que ganhei), a gente passa um ano inteiro estudando com um professor particular para aprender a declamar, em hebraico, um capítulo específico da Torá — definido de acordo com a data em que ocorre cada cerimônia.

Para quem não sabe, Torá é aquele seriado inventado muito antes de existir a NETFLIX, dividido em cinco temporadas, contendo vários episódios (com toda pinta de novela da Record), na qual inúmeras tretas de proporções bíblicas são gravadas em grandes rolos. Detalhe: a cada Ano Novo judaico, é preciso rebobinar a fita, e aquela história toda novamente se desenrola — e não tem essa de página virada, não.

Assim é, por milhares de anos.

Sei que vocês são educados e vão dizer "nem parece" (obrigado!), mas lá se vão mais de 50 anos desde o meu *Bar Mitzvá.* E ainda me surpreendo com o episódio que me coube ler naquele dia, e que inicia com a citação que abre este texto: *Lech Lechá.*

Pois então, em algum momento lá atrás (há cerca de 5.700 anos — e lá vai pedrada), D´us ordena a um tal de Abraão que transgrida, que saia da zona de conforto, que rompa com a mesmice, que pegue a mochila, chute o pau da barraca sem dizer adeus (não confunda com quem lhe deu a ordem) e saia por aí sem lenço e sem documento, caminhando contra o vento, caminhando e cantando e seguindo a canção, até encontrar a Terra Prometida... e é aqui que vem a melhor parte: de si mesmo!

É disso que trata o capítulo que me foi conferido como incumbência (bastante auspicioso, para um jovem de 13 anos que adora uma aventura, cheio de imaginação e amor pra dar, né, não?).

A passagem a mim reservada abarca uma viagem. Não uma viagem de coordenadas bem definidas, com um mapa de traçado minucioso e uma estrela guia; não se trata aqui de um destino qualquer, daqueles típicos de turismo empacotado, com tudo tão organizado e previsível que mais parece uma lista de compras de supermercado ou uma daquelas excursões planejadas em que as pessoas embarcam como se estivessem participando de uma gincana. A provocação, no caso, é um caminho por si e... para si.

Ainda por cima (e bota por cima nisso), é Ele — o Próprio — quem comanda: "Eu autorizo!" O convite feito a Abraão é de uma oposta natureza: uma viagem espiritual, na qual o atrativo maior é experimentar — em si — a descoberta de perspectivas, sentido, direção. Uma viagem existencial, instigante e poderosa que tenha a dádiva de produzir o surgimento de um novo olhar sobre as coisas. Uma viagem de outra ordem e grandeza (e nem precisa ser grande nem carece de muita ordem).

Eu era um garoto quando ganhei do destino essa profética passagem. Isso me incentivou. Foi como um chamado. E eu atendi. Não era o *Rock in Rio,* mas eu fui. Intuitivamente. Parti da casa dos meus pais ainda jovem, e tive a sorte de me banhar de enxurrada no que podemos chamar de "uma boa viagem" (sem precisar recorrer a drogas) e vivi uma coleção de jornadas, daquelas que deixam marcas, como os sulcos no deserto que guardam as pisadas das sandálias de Abraão.

Não tenho muitos registros ou fotos desses percursos tantos, transformadores e nada convencionais. Só eu sei os desertos que atravessei, só eu sei. Mas não importa, porque ficaram gravados no que me constitui. E cada um deles é tão impactante que pode render uma crônica.

TREMULANTE

Os cedros se espreguiçavam reagindo à brisa que subia ainda fresca do Mediterrâneo. Os primeiros raios da manhã bordavam ouro nas pontas delicadas de suas folhas. No topo das montanhas, pouco acima das copas, o vermelho das nuvens harmonizava com os campos cultivados, repletos de cerejas suplicando para ser colhidas, no Vale do Bekaa, naquele início de verão de 1982.

A neve derretia, cedendo lugar ao verde, engrossando o Litani, que descia a sua fertilidade serpenteante em direção ao mar. Pássaros animavam a floresta com suas passarices, e um silêncio dominante adoçava o zum-zum das abelhas, já ocupadas de suas tarefas matinais.

Em meio à calma, quase se podia escutar os cedros, do alto de sua majestude, rasgando instintivamente a terra, aprofundando suas raízes como um felino prestes a agarrar a presa.

Essas árvores, de folhagem generosa e deliciosos pinhões, aprenderam ao longo de milhares de anos a reconhecer naquele silêncio o presságio de acontecimentos determinantes. Acompanharam o surgimento e o declínio de importantes civilizações: fenícios, assírios, persas, gregos, bizantinos, otomanos.

Arrancadas para a construção de casas e navios, a qualidade e aroma de sua madeira foi sacralizada para abrigar a Arca do Primeiro Templo de Salomão, em Jerusalém, ornamentar igrejas e mesquitas de diferentes crenças e arquiteturas. Manipuladas para a fabricação de incenso a elevar preces e aplacar a ira de distintos deuses. Talhadas, servindo de leito, para acolher sono e segredos de sucessivos impérios. Transformadas em esquifes para abrigar a coragem dos que morreram para manter viva a honra e os sonhos dessas terras. Glorificadas em 72 citações na Bíblia para, finalmente, serem plantadas na bandeira de seu país.

O silêncio daquela manhã, em que era possível ouvir o zum-zum das abelhas, foi tomado por um zumbido estridente, depois outro, depois outro. E então as primeiras e sucessivas explosões, cada vez mais intensas, choveram sobre as colinas naquele verão, rasgando os galhos das árvores, o telhado das casas, os tanques de guerra, o corpo dos soldados e dos aldeões que insistiram em ficar.

Invernos passaram com teimosia, recusando derreter. Primaveras ganharam ar de outono. Antes que as coisas se acalmassem, antes que os homens se entendessem, antes que os telhados fossem consertados, antes que as casas fossem reconstruídas, antes que os exércitos se retirassem, antes que se apaziguasse o luto, antes que se pudesse ouvir, novamente, o zum-zum das abelhas.

E então a explosão no porto de Beirute a estilhaçar, mais uma vez, a esperança, no início de verão de 2020. As autoridades correram para oficializar que era "fertilizante estocado". Quase três mil toneladas de material explosivo estocado sabe-se lá por que (e por quem) trazendo, de novo, destruição, tristeza, desgraça.

Um cedro solitário se espreguiça reagindo à brisa que sobe ainda fresca do Mediterrâneo. Os primeiros raios da manhã, alheios aos fatos, teimam em bordar ouro nas pontas delicadas de suas folhas. No topo, acima de sua copa, uma faixa vermelha tem a mesma cor da nuvem de fumaça que se formou com a explosão no porto. Harmonizando, na parte de baixo, uma faixa vermelha no tom do sangue que estão lavando, agora, nas ruas da capital do Líbano.

Um cedro segue tremulante, em meio à brisa, em meio a duas faixas vermelhas, em silêncio, a meio mastro.

O QUE QUISER

A dor no peito apareceu assim, do nada. Minha mãe decide me levar ao médico. O exame clínico revela coisa nenhuma. E me irrita pensar que acabo de completar 18 anos, me livrei do serviço militar (que alívio), passei no exame de motorista (de primeira), entrei para a Faculdade de Medicina, mas ainda sou atendido pelo meu pediatra — e na presença dela.

Voltamos a pé. Nem é preciso tocar a campainha. Parados à porta, os olhos do meu pai interrogam. Ao receberem a resposta, açucaram: "Ansiedade. O Dr. David disse que é comum em jovens. Basta ele tomar esse remédio antes de dormir, e vai passar".

Sinto orgulho quando entro no ônibus vestindo o jaleco branco, meu nome bordado no bolso. Carrego o livro de anatomia que pesa cerca de 2 mil anos de ossos e músculos empilhados. Apresso-me. O formol vai agredir nossas narinas pontualmente às 7:30 da manhã. Corpos repousam despidos e anônimos. Busco uma peça à disposição para dissecar. Preciso aprender a colocar um rádio em posição anatômica (e isso me soa estranho). As inserções musculares recebem nomes em latim. Engraçado pensar que bem aqui um músculo se agarrou ao osso para ensejar um aceno. Dou de ombros, enquanto procuro lembrar o que une o úmero à escápula. Deixo de lado os termos técnicos para devanear. Como seria o aperto dessa mão que agora repousa inerte? Teria conhecido a mágica de fazer vibrar uma nota musical? E esses pés? Será que foram de levar samba para a avenida, sem atravessar? Que secretos amores amaram estes órgãos agora tão... expostos?

Ultimamente, voltar para casa tem sido encarar uma encruzilhada (e não querer olhar para trás). Meu quarto reflete o desequilíbrio entre minhas duas paixões. A enciclopédia Medicina e Saúde, de minha infância, colecionada fascículo por fascículo, repousa devidamente encadernada ao lado dos livros sisudos da faculdade recém-adquiridos em prestações. Encostado à mesa, meu violão, meus discos, revistas e cadernos de música.

Esquecido, aberto sobre a mesa, o livro de Citopatologia traz a imagem fascinante de um vírus invadindo a célula. Na vitrola, o falsete do Ney me atropela de verdades como quem jura mentiras. Meu coração é uma rosa de Hiroshima em um armazém de Secos e Molhados.

Largo o livro para dissecar João Gilberto. Me vejo contaminado por uma urgência (quase uma patologia) de examinar ao microscópio aquela "Tatuagem" do último LP do Chico (tentando não sofrer com os arranhões deixados por minha sofreguidão).

Sei o que vem adiante, sei o estrago que trago, sei o tamanho da frustração que estou prestes a fazer chover dentro de casa. Desde pequeno, diante de um "o-que-você-quer-ser-quando-crescer?", respondia, sem hesitar: médico!

Nem bem havia aprendido a desenhar as primeiras letras (acho que praticava letra de médico desde cedo) e já me animava todo para fazer as minhas pequenas pesquisas de campo. Quando os adultos se reuniam na sala, aproveitava para convidar alguma prima (ou amiguinha) para testar meus conhecimentos e habilidades com a medicina. Adorava ouvir um coração disparar ao contato do meu estetoscópio. "Deixe-me examinar a garganta, coloque a língua de fora"; experimentar a emoção do tato no palpitar dos gânglios; o deslumbramento do aparelhinho iluminando os mistérios escondidos no labirinto do ouvido médio. Sim, eu adorava brincar de médico, e dava até receita, enquanto ia assimilando os mistérios e fascínios do corpo humano.

Mal havia passado (até que passei bem) para o primário, quando tomei conhecimento dos efeitos nefastos do amor. Foi como uma gripe forte, dessas que não tem remédio. Aquilo me pegou, literalmente, de calças curtas. Seis anos, a melhor aluna da classe, a mais bonita também. A professora, sabendo que eu tinha recém-ganhado um violão (pequeno o suficiente para que meus dedos pudessem alcançar as cordas), sugeriu que eu preparasse um número musical para a apresentação de formatura. Meu pai, que era arquiteto — mas tocava e cantava como um Caymmi —, me ensinou a música. Coisa simples, dois acordes: Ré e Lá. Minha mãe providenciou a fantasia... de maestro. Não sei como sobrevivi àquela exibição. Só sei que, ao descer do palco, minha bochecha se surpreendia com o primeiro beijo — e (adivinhem?) era... dela.

O que eu quero ser na vida, agora que já sou grande?

Preciso colocar na balança os prós e os contras. De um lado, peso o afastamento protocolar, a solidão reservada de uma consulta médica, a implacabilidade na sentença de um diagnóstico, a angústia de precisar buscar a palavra certa de conforto (quando não há palavras certas, nem conforto). No outro prato, o encanto de conseguir fazer o ritmo que pulsa em minhas veias reverberar nos outros. Conceder timbre e precisão à angústia de uma nota pedindo para ser convocada. Tingir deceptivos cenários e texturas no milagre da harmonia para envolver e emocionar.

Ignoro a dor no peito, e vou ter com eles: "Estou decidido. Resolvi largar a Faculdade de Medicina para ser músico".

Centenas de tentativas depois (do tipo "mas pense bem, dá pra fazer as duas coisas" ... e por aí vai), meus pais se conformam. Parecem resignados em concordar, com uma condição: eu deveria, antes, fazer um teste vocacional para "ter certeza" de que estava dando o passo certo.

Pior que ter 18 anos e ir ao pediatra com a sua mãe é ser levado por ela ao consultório de uma psicóloga. Se não me falha a memória, foram umas cinco consultas: anamnese, testes de lógica, testes de QI, perguntas que escondiam pegadinhas... essas coisas. Eu ia, diligente. Resolvi considerar aquilo como um passatempo. No fundo, temia que algo que eu não queria revelado surgisse, contrariando a minha decisão.

Não me esqueço da última sessão: a doutora mostra um álbum cheio de nuvens cinzas capturadas por entre as folhas que ela ia virando sempre com a mesma pergunta: "O que você está vendo aqui?"

Sabia de nada, a inocente. Porque estar nas nuvens é comigo mesmo: "Aqui, vejo uma borboleta; ali um elefante, óbvio que isso é uma tromba; aqui um padre; e ali, deixe-me ver... o Dom Quixote".

A psicóloga, boquiaberta, já querendo virar de página, e eu viajando solenemente na maionese. Faço que aguarde. Me animo todo. Passo a adicionar movimento: "Aqui vejo dois pássaros voando; ali um casal se beijando; ah, um menino andando de bicicleta".

A consulta deve ter durado extraordinários 45 lisérgicos minutos de transe na droga daquele álbum. Passo a flanar naquele mar de nuvens. A adicionar sentimento: "Um cãozinho abandonado e triste; um olhar de esperança; uma orquídea ansiosa, prestes a florescer". Estava em meu *habitat,* num carrinho de rolimã descendo ladeira abaixo. E perdi os freios. Juro que não era meu intento, mas me lembro de ter deixado a psicóloga completamente... maluca.

"Acho que já é suficiente, por hoje!" — o que traduzi por: "Já chega! Pode ir".

Uma semana de angústia até chegar o resultado. Minha mãe abre o envelope e mostra o laudo para meu pai. Ambos me olham consternados. Depois se abraçam. Levo o relatório para o quarto. Prefiro ler o veredito que me é reservado... sozinho.

A dor novamente se apresenta. Tento decifrar o que leio. Desconsidero a avaliação de QI (quem se importa?) e todas as outras questões supérfluas. Vou direto ao que interessa. O exame indica, sem sombra de dúvidas, que eu poderia ser médico, mas também... psicólogo, arquiteto, jornalista, cineasta, ator, escritor, poeta ou músico. O laudo é um desfile completo de possibilidades, até engenheiro ou cientista eu poderia ser (e vejam que procurei demonstrar que tenho aversão às exatas).

Mas vou confessar a vocês. Do que mais gostei, e carrego na lembrança até hoje, foi a frase conclusiva escrita pela doutora — certamente para tranquilizar meus pais: "O teste aponta que seu filho pode ser o que quiser!"

SHOSHANAT YERICHÓ

Engraçado lembrar que aprendi a falar espanhol na marra, durante o serviço militar em Israel, que é obrigatório (o serviço militar, não o falar espanhol).

Explico: em março de 1976, um golpe militar instaurava na Argentina uma ditadura mais linha dura que a brasileira (que já não era moleza), resultando em milhares de mortos e desaparecidos. Naqueles anos de chumbo, muitos argentinos judeus, idealistas, resolveram imigrar para Israel, àquela altura do campeonato, um país pra lá de ideal: democrático, progressista, e com um governo de esquerda, uma verdadeira utopia. Eu havia feito essa mesma escolha naquele ano, e acabei conhecendo muitos argentinos ao sermos recrutados, junto a israelenses nativos, para uma unidade de infantaria formada por jovens que viviam em *kibutz*.

Não bastasse a sensação de exílio, a rigidez da caserna, a saudade de casa e da comida, *los hermanos* penavam para aprender o hebraico. Eu tentava ajudar traduzindo da melhor forma, mas eles tinham dificuldade em lidar com o nosso português. Foi assim, no susto e na boa vontade, que acabei incorporando mais um idioma ao meu repertório. E as primeiras palavras que aprendi em espanhol foram, todas, palavrões: *boludo, pelotudo, incha la pelota* (o que eu achava bem distinto, por remeter ao futebol).

Já não éramos mais recrutas quando fomos destacados para uma base de campanha fincada às pressas ao norte de Jerusalém, na fronteira com a Jordânia, bem próximo a Jericó, uma cidadezinha árabe bastante charmosa às margens do Rio Jordão, talhada por 10 mil anos de história da (in)civilização — e guerras.

Estávamos sempre de prontidão. Nossa principal missão era proteger o país de células terroristas que costumavam se infiltrar cruzando a fronteira naquele ponto mais estreito do rio, quase sempre à noite.

Foi ali, na aridez do deserto, que tive contato pela primeira vez com o termo *Shoshanat Yerichó* (Rosa de Jericó), nome dado a uma espécie bizarra, típica da região, também conhecida como *Planta da Ressurreição* — considerada sagrada por cristãos mais fervorosos —, por revelar um dom surpreendente: ao "morrer", suas folhas, em forma de dedos, se recolhem duras e retraídas como um punho cerrado prestes a desferir um soco, e assim permanece, resignada e murcha, durante longos períodos até a chegada da chuva, quando se dá o milagre e a plantinha consegue "ressuscitar" e até florir.

Treinávamos à exaustão diferentes estratégias de combate. Quando surgia algum alerta, sabíamos exatamente o que fazer: avançar de forma tácita e silenciosa no breu da noite arrastando todo o equipamento até o alto da colina; buscar a melhor posição estirados por entre as pedras, dispersos como uma flor escancarada cujas pétalas são compostas por soldados treinados a permanecer imóveis por longas horas, camuflados e completamente calados, a proteger um raio de 360 graus, as botas se tocando em um círculo imaginário, fuzis destravados, aguardando pacientes a ameaça iminente que nos obrigaria a entrar em ação. Aprendemos que, no jargão militar, essa formação de emboscada espinhosamente é chamada de... *Shoshanat Yerichó.*

Curiosamente, o termo *Shoshanat Yerichó* é também o nome popular atribuído a uma severa doença de pele, resistente a tratamento, que costuma evoluir para ulcerações terríveis em forma de roseta (daí o apelido), que é transmitida por uma ameaça perturbadora e quase invisível comum na região: a mosca do deserto.

Existia um paradoxo naquilo tudo: havíamos abandonado nossos respectivos países por causa dos militares que, num golpe, se apoderam de nossos ideais; e cá estávamos nós — os humanistas, os pacifistas — neste pedaço de deserto à beira do Jordão, fardados e armados até os dentes. Não fazia sentido (quer dizer, fazia sentido apenas quando o comandante passava nosso pelotão em revista).

Para piorar, era época de Copa do Mundo, que estava sendo disputada, bem naquele ano e pela primeira vez (adivinhem!) na... Argentina. A ditadura, liderada pelo general Videla, via no evento uma ótima chance de fazer propaganda de seus feitos (e aplacar a ira dos insatisfeitos).

Torcer ou não torcer, eis a questão! Os argentinos estavam divididos (o mesmo sentimento que nós brasileiros tivemos, na Copa de 1970).

A suspeita de que tudo fora arranjado para que a equipe da casa se sagrasse campeã marcou para sempre aquele Mundial.

Vinte e um de junho de 1978. Jamais esquecerei deste episódio: o mundo parava para acompanhar os dois jogos decisivos que definiriam — por pontos — quem jogaria a final contra a Holanda (que já havia se classificado, de véspera). Tudo estava inusitadamente calmo no Oriente Médio nesse dia. Nem os terroristas seriam loucos de perder o espetáculo eletrizante. As duas partidas estavam acertadas para acontecer ao mesmo tempo, início da tarde (horário da Argentina), para que nenhum time fosse beneficiado. No entanto, depois de uma soturna (ou seria coturna?) influência dos generais argentinos, uma alteração inexplicável mantinha o jogo entre Brasil x Polônia no horário original, 16h45, e postergava o duelo entre Argentina x Peru para às 19h15. Com a manobra, os donos da casa entrariam em campo já sabendo quantos pontos precisariam para avançar.

Talvez a única coisa a unir israelenses e palestinos seja o fato de que, em Copa do Mundo, todos torcem pelo Brasil. Em dia de jogo, tudo estanca: barganhas, comércio, disputas. Todos se dão uma trégua. Na insólita paz a cobrir a paisagem em que se afogava o sol poente daquela tarde, dava para perceber que até as moscas do deserto abdicaram de voar para ver a Seleção Canarinho emplacar aquele 3 a 1 na Polônia.

Os soldados israelenses estão eufóricos, me abraçam, me beijam. Os portenhos também se aproximam, acabrunhados, para me felicitar, buscando driblar a própria frustração: o resultado obriga os anfitriões da Copa a vencerem o forte time do Peru por quatro gols de diferença, no jogo de logo mais.

Em nossa barraca de campanha, diante da TV emprestada, a expectativa era enorme. Faltava pouco para o início daquele jogo dramático e crucial, imerso em desconsolo, naquele fatídico cair da tarde em Buenos Aires (meia-noite daqui, palco de outras disputas bem mais célebres). O ar seco e pesado em nosso acampamento harmoniza com a situação de uma Argentina coibida, sufocada, recolhida, praticamente morta — à espera de um milagre.

Olho para trás e noto que alguns argentinos mais desolados se recolheram em seus respectivos sacos de dormir e estão virados para o outro lado da tenda, "pretendendo" cochilar. Ensaiei fazer o mesmo, na certeza de que, na ponta do lápis, o Brasil já cravara sua presença na decisão. Eu estava exausto. Mas quem iria querer perder a alegria de ver o time da casa ficar de fora de sua própria festa?

Já me via colocando mais umas latinhas de cerveja no congelador (em sonho, claro), quando a postura do nosso comandante varando apressado a lona da barraca, para em seguida arrancar o fio da tomada e afogar o ambiente no mais absoluto silêncio, esbraveja tudo o que nem se fez necessário dizer.

Em menos de 2 minutos, estávamos todos perfilados do lado de fora. Prontos para a missão. Dessa vez era coisa séria. O nosso serviço de inteligência emitira alerta sobre iminente infiltração. Suados, derramados na mudez gélida do topo da colina, atendendo ao comando, tomamos posição: Shoshanat Yerichó, em grupos de oito soldados.

Me ajeito como posso sobre as pedras — entre argentinos e israelenses —, buscando o maior conforto possível (o que é difícil). Joelhos e cotovelos funcionam como pilão espalhando fragrância de ervas daninhas no cenário. Só então me dou conta de que me esqueci de passar repelente (o que só acrescenta mais angústia à situação). Alguma coisa me espeta na região do púbis. Me afasto alguns centímetros para o lado e descubro um belo exemplar daquelas exóticas criaturinhas acostumadas a ressuscitar que se ouriçam por essas bandas a desdenhar da morte. A pulseira do meu relógio (como a de todos) possui uma capa de couro duro que protege o vidro de arranhões e evita que o brilho venha a nos denunciar. Consigo avistar a fronteira da Jordânia a olho nu. A Lua é formidável (o que não é bom). Usando a sombra do meu corpo, confiro as horas: pouco mais de meia-noite, o jogo vai começar.

Cada soldado cuida de seu ângulo de visão. Recorremos ao SLS (binóculo que se aproveita da luz das estrelas para driblar o escuro), que é passado de mão em mão. Havendo algum movimento estranho, a comunicação é feita com um tocar de botas, um sinal de mão. Evitamos provocar o ruído característico ao engatilharmos nossos fuzis automáticos M16. A ansiedade naquele ponto é tanta que poderia ser captada por um contador Geiger. Percebo que algum israelense no pelotão exagerou no patchouli. O aroma do perfume da moda é tão intenso que poderia ser percebido do outro lado da fronteira, em Amã. Tento me acalmar: quem sabe isso também funciona para rechaçar insetos?

Algo me diz que essa noite não vai terminar bem. O equipamento de visão noturna promove uma imagem verde, embaçada e distorcida das coisas. Imagino que tenha sido planejado pelos estúdios da Disney para projetar fantasmas. Cada sombra, cada moita, cada passagem do vento no esculpir das dunas remete a um vulto a saltar de forma ameaçadora à nossa frente. E os olhos dos bichos! Ah, os olhos dos bichos selvagens passando pelas lentes do artefato brilham como se estivessem saindo das páginas de um daqueles contos malditos do Stephen King. Há incoerência naquela geringonça: a gente passa o tempo todo se esforçando para se convencer a não acreditar naquilo que está vendo.

Afino a audição. Escuta-se de tudo nesses momentos de ameaçadora atenção. Se puser ciência, é possível ouvir o lamuriar saudoso de uma estrela longínqua que partiu faz tempo. Eu quase podia escutar, bem baixinho, vindo de longe, o som praticamente inaudível de alguma rádio transmitindo o jogo. Que raiva que dá! A gente aqui no meio do deserto e a bola rolando na grama. Bem que podiam inventar um aparelho que amplifica a audição para essas horas.

Recebo um chute contra a sola do meu pé direito. Será que foi mesmo um chute? Pode ter sido engano, reflexo, emoção. Respiro. Conto até 10.

Preciso avaliar melhor. Aprendi a aguardar o momento certo de reagir, exatamente como a plantinha que agora mesmo me espeta quando me esqueço dela e relaxo. Respiro fundo. Me acalmo. Não deve ter sido nada. Até que... depois de um tempo... outro chute. Dessa vez é nítido. O chute é forte e vem do argentino ao meu lado. Ele não apenas me chuta como agarra com força meu braço. Meu coração dispara, parece querer sair pela boca. Engulo a seco. Logo eu, que detesto coração (ainda mais de galinha). Mordo os lábios. Um carro passa com os faróis ligados, que, amplificados pelas lentes do binóculo, me deixam cego e perdido por preciosos segundos. Pânico total. Levo o indicador ao gatilho. E quase descarrego um pente inteiro com seus 45 projéteis. Mas atirar em quê? Preciso me conter. Agir, somente se identificar um alvo ou se receber ordens do comandante. Resolvo passar o aparelho de visão noturna adiante. Melhor contar com a certeza de minhas retinas. Outro chute. Ainda mais forte. Será possível? Não vejo nada. O que está acontecendo? Quase entro em parafuso ao notar, ao meu lado, o meu colega de farda se contorcendo como se estivesse tendo uma crise de apendicite. Percebo que tenta a todo custo segurar um grito. Urra por dentro. Então respira fundo, e se acalma. A cena se repete, com pequenas variações, por mais algumas vezes. O chute contra a minha bota, a mão eufórica agarrando meu braço. Não consigo entender o que se passa com ele. Teria sido atingido? Quem sabe... epilepsia? Ouço um novo gemido, contido à força. Soa como se estivesse fazendo sexo às escondidas com a namorada (na casa dos pais... dela). Olho firme para seu rosto e consigo distinguir, à luz do luar, por entre os pelos de sua barba, um sorriso raro de deslumbramento típico de um fiel, desses de antigamente, que acaba de testemunhar um milagre.

O comandante anuncia o término da missão. Informa que havia sido um alarme falso. Recolhemos tudo e iniciamos nossa retirada. Só então me dou conta de que o argentino contorcionista tinha trazido, escondido no bolso da calça, um desses radinhos de pilha para conseguir acompanhar o jogo — na surdina. Num ato de extrema generosidade ("*muy amigo*", pensei), ele me empresta os fones para que eu possa escutar os comentários finais e o resumo do jogo: em uma partida suspeita e cheia de controvérsias, jogando de forma irreconhecível, o Peru abriu as pernas levando uma goleada de 6 a 0 dos donos da casa, que acabaram se classificando para uma final histórica contra a *Laranja Mecânica* da Holanda.

A apatia toma conta. A caminhada de volta à base parece uma marcha fúnebre. Os argentinos não param de me zoar. Olho para a resiliência das plantinhas secas em forma de punho cerrado espalhadas pelo caminho.

"*No pasa nada*", pensei.

Os palavrões que desferi foram todos em alto e bom português.

ºREN, BE GOOD!

É chato! Mas, vez ou outra, tenho que admitir que (mais uma vez) terei que resolver algumas paradas difíceis em que me meti por conta de algum de meus defeitos recorrentes. E são tantos, os meus defeitos recorrentes, que acabo sendo obrigado a resolver essas paradas recorrendo.

Por exemplo: costumo funcionar melhor usando a lógica do "nunca deixe para hoje o que pode fazer amanhã"; basta eu sonhar com alguma coisa que soe como um desafio que já vou logo declarando ... "vou fazer!", e, convenhamos, isso é o mesmo que dizer "bota na conta" (e, por conta da máxima que diz "promessa é dívida", meu nome ocupa os top 10 na lista do SERASA).

Tem mais: diante do absoluto da certeza de saber que não sei (já sabendo que eu deveria me pautar pela máxima do "nunca dê um salto maior que as pernas"), aí mesmo é que acabo me atirando de paraquedas — às vezes de cabeça.

Foi assim que, metido que sou, fui me meter a fazer uma oficina de crônicas. Logo eu, que venho do mundo da música; pior: da música instrumental — aquela, sem letra! E, mais-pior-ainda: da música instrumental sem letra em que prevalece a arte do improviso.

Agora, escutem essa.

Finalzinho dos anos 1980, eu tinha recém-voltado da Califórnia, onde passei um tempo estudando e fazendo música, quando fui convidado a participar de um projeto arrojado (ainda não se usava "eclético" naqueles tempos): tocar em um concerto ao ar livre, na Praia de Botafogo, para milhares de pessoas, com a Orquestra Sinfônica Brasileira (OSB), em comemoração à alguma coisa de que nem me lembro mais, mas não me esqueço da aflição e dos detalhes angustiantes do que foi aquela experiência.

Sabe quando você diz sim, mas queria (e deveria) ter dito não? Esse sou eu!

Pois é! Algum maestro maluco teve a ideia de compor um *medley* juntando fragmentos de grandes sucessos do rock e da música pop; uma colcha de retalhos, tecida com Elvis, Beatles, Stones, Cazuza e tantos outros, costurada com esmero para se tornar um concerto sinfônico ao qual seriam incorporados guitarra, baixo elétrico e bateria para dar um toque pitoresco e mais popular ao arranjo. E não é que o louco aqui aceitou o convite para participar dessa heresia? Achei interessante o desafio de tocar guitarra junto a uma orquestra de música clássica — algo com que eu não havia sequer sonhado.

Tem mais um detalhe: como quase todo guitarrista que se preze, sou avesso a partituras — um eufemismo, um jeito bacana de (não) dizer que —, na verdade, sou semianalfabeto disfuncional na função de fazer soar algo que preste quando é obrigatório ficar domando notas dispostas em um pedaço de papel. E, para complicar, haveria apenas 1 (UM, hum!!!) único ensaio geral com toda a orquestra, às vésperas do concerto, na prestigiada Sala Cecília Meireles.

Perguntei se poderia receber as partituras com antecedência para que eu pudesse estudar. Pedido concedido, mas... (adivinhem?!) fui protelando, protelando, e só me dei conta do tamanho da encrenca quando, véspera do fatídico ensaio, resolvo examinar o envelope para perceber — acovardado — que ele continha um calhamaço com cerca 40 páginas repletas de notinhas pretas penduradas.

Quase tive uma síncope. E não estou me referindo ao termo técnico usado em música: *quando uma nota é executada em tempo fraco e se prolonga para o tempo forte seguinte*. No meu caso foi o oposto: eu, que me achava forte, fui murchando.

Passo os olhos pela "grade" da sinfonia, examino o arranjo bem arquitetado, e isso não me tranquiliza. Vejo que a guitarra faz intervenções curtas e pontuais assumindo o papel de solista em momentos específicos do concerto, para destacar os temas populares de maior sucesso.

Me assustam os inúmeros compassos de pausas, em que ficarei em silêncio para que metais, madeiras e cordas valorizem a paisagem harmônica que sustenta as melodias. Será preciso muita atenção, os olhos colados na partitura, porque as "entradas" de cada tema conhecido (e de sucesso) são todas... minhas. Apavoro! Mas meu orgulho ainda jovem insiste, aceita encarar o desafio.

Dia do ensaio. Coloco guitarra, cabos, pedais de efeito e amplificador no carro e rumo para o renomado teatro. Costumo chegar sempre uma hora antes do combinado (pelo menos nisso eu acerto). Chove. O trânsito no Rio de Janeiro é caótico. Um percurso que eu faria em 20 minutos levou quase uma hora. Ainda assim, fui o primeiro a chegar. Preparo meu equipamento, afino a guitarra, plugo o cabo ao amplificador e testo o som para me ambientar. Os músicos da orquestra que costumam se vestir de pinguim olham para mim como seu eu fosse um iguana. Estou nervoso, mas entusiasmado.

Só então percebo que deixei todas as minhas partituras com as anotações que eu havia feito... em casa.

Entro no carro aflito, na certeza de que não vai dar para ir e voltar a tempo (o que seria um alívio). Eu poderia ter sido contratado como motorista de ambulância, porque, naquela noite, consegui ir a casa e voltar para ocupar o meu lugar, minutos antes de o maestro dar o sinal para as primeiras notas do concerto que são... minhas: a clássica introdução de guitarra que Chuck Berry faz em *Johnny B. Goode* (#procuresaber).

Uma orquestra inteira me esperando — e me desdenhando, na surdina (aquele treco que colocam na boca do trompete). A cena é forte. Eu me sentia dentro de um daqueles filmes americanos em que eu era o homem branco trajando um safári sendo colocado dentro de um caldeirão fervente no meio de uma tribo de canibais.

Onde fui me enfiar? — pensava, enquanto contava os compassos para a minha próxima intervenção. Em música, para cada nota a ser tocada, existe uma notação equivalente de silêncio. Eu tinha um monte de silêncios me buzinando para (não) tocar. Acreditem, é horrível você ficar contando tantos silêncios. Você tem uma orquestra completa tinindo e você, ali atinando... contando pausas até chegar a sua hora. É como ficar na sala de espera do dentista ouvindo aquele motorzinho te esperando (sente?) e quando chega "a sua hora" é aquele deus nos acuda, porque você está tremendo mais que as cordas de uma harpa bem tocada tentando se convencer de que "não vai doer nadinha".

Juro que dei o melhor de mim. E o melhor de mim foi uma droga! Eu era a cereja do bolo do concerto, mas o maestro insistia em olhar para mim como se eu fosse um abacaxi. Já não sabia onde me esconder, depois de tantas *asfradas* (não reparem: é gíria de músico para chute na trave e nota fora). Certamente seria bem melhor ter sido comido por canibais africanos só para não ter que subir no palco com aquela orquestra no dia seguinte (e nunca mais).

Acho que passei o ensaio inteiro ensaiando como passar vergonha na frente de milhares de pessoas sem demonstrar estar passando vergonha. Claro que eu poderia usar aquele velho truque sujo de fingir que deu problema no cabo da guitarra, mas seria um golpe baixo em meu prestígio já debilitado. Foi uma pedreira com as pedras rolando, aquele momento típico de "*I can't get no satisfaction*", quando congelei intimidado por um bando de pinguins. Naquela hora, eu já preferia arrancar um dente sem anestesia. Meu orgulho jovem insiste, todavia, na utopia, na ilusão de que vai dar tudo certo e eu vou conseguir.

Dia do concerto. Chego cedo. Plugo a guitarra ao amplificador, regulo volume e equalizo o som. Dedico um tempo conferindo aquelas 40 páginas dispostas em ordem na minha estante de partituras. O palco é gigantesco. O público, a perder de vista. O Sol é poente. A orquestra se prepara. As luzes se acendem. Ofuscam. Milhares de pessoas contando o silêncio que separa o cair da batuta do maestro para as primeiras notas do concerto que são (vocês sabem)... minhas: *Johnny B. Goode*. E eu me sentindo como um condenado — a cabeça na guilhotina esperando o cair da lâmina.

Então, como que regida pelo maestro, uma lufada de vento, dessas colossais que só o Rio de Janeiro conhece, faz todas as minhas partituras voarem palco afora (agora entendo por que os músicos haviam trazido pregadores de roupa, mas já era tarde).

O regente faz o gesto ritual que prepara a contagem do tempo, gesticula informando o andamento para a alcateia (que aguarda obediente como uma matilha treinada para matar) e olha para mim. Aliás... todos olham para mim.

Fecho os olhos, e toco... de ouvido.

A SURRA

É doce morrer no mar...

Caio em mim. Um verso emerge enquanto afundo e sou levado pela correnteza como oferenda nas ondas verdes e encrespadas emolduradas de puro chumbo. Eu deveria ter escutado a voz da intuição e não me atrever nesse mar revolto. Meu corpo se descontrola açoitado por mais um vagalhão. Preciso recuperar ar e razão. Submerso, na espuma do silêncio, procuro me agarrar desesperadamente à música.

É doce morrer no mar...

Caymmi. Um verso a louvar o mar flutua em minha desesperança enquanto me afogo, resignado. O ar que me abandona é como um adeus no porto, suspiro de uma saudade adivinhada. O balanço da canção a ressoar como uma prenda — água viva na lembrança da voz e violão do meu pai — nas ondas verdes e encrespadas da memória.

Há memórias no mar.

Há mar nas memórias.

Dizem que, quando estamos prestes a morrer, a vida da gente passa como um filme. Adoro cinema, mas algo em mim ainda resiste querendo mudar a cena final.

Por desígnio, ou milagre — ou erro de roteiro —, luto para me desprender dessa trama que, entrelaçando mar e memória, pretende me arrastar.

Mobilizo o oxigênio de todas as minhas células na aflição de uma última braçada para me desvencilhar e... finalmente, consigo juntar-me às conchas que descansam suas pequeninas tragédias na praia. Também elas precisam recuperar-se de susto e fôlego. Não foi dessa vez.

Impregnado da canção, no conforto da terra firme, busco adocicar a vertigem que ainda me mareia. O pensamento ondula. O horizonte à minha frente perde o prumo, mas sei que logo se acomodará. É grande a ressaca.

Um galho primitivo, trazido pela maré, repousa ao alcance da minha mão. Faço dele meu lápis. Com ele risco na areia um quadrado simples, a emoldurar o exílio de nove conchas alinhadas, que folgo converter em arte.

Há memórias no mar: esse líquido amniótico do qual viemos todos, ainda amebas, antes de tudo, antes até que um D´us — feito de vento — tenha vindo dar ordem às coisas, e soprar escolhas aos homens.

Há mar nas memórias: algumas guardamos submersas, lembranças que evitamos trazer à tona; outras pairam sobre as águas, vela enfunada, a nos tirar de calmarias, a resgatar de tempestades; e, as mais raras, garrafas lançadas ao longo de nossos naufrágios, e que vêm dar à praia, agora.

E o que vem dar à praia, agora que sobrevivi a essa surra, é a saudade do meu pai.

Arquiteto, cantava e tocava violão exatamente como Caymmi. Dele herdei o dom da música. Dele herdei o dom de avaliar perspectivas. Ao longo da minha infância, o mar era um sonho a ser visitado apenas em raros fins de semana, ou em dias especiais. Morávamos afastados, e não tínhamos carro.

A cada ano, aguardava a chegada das férias grandes de verão. Ansiava enfrentar as 20 horas de ônibus até Porto Alegre (meu irmão e eu íamos no colo de nossos pais), depois mais três horas no Fusca do meu tio, para finalmente receber de presente um mar que era todo meu, disponível e de peito aberto.

Aquele deslumbramento ao constatar que mar não tem bordas, não tem margens. Que mar não conhece limites.

Eram férias maravilhosas, de não fazer nada, de soltar *pandorga* (que é como os gaúchos chamam as nossas pipas), de se *pisar* (que é como os gaúchos invocam machucados), do cheiro de *cuca* no café da manhã, de *sagu* com creme de leite de sobremesa. E, mais que tudo, a convivência com as primas gaúchas — uma estima maior que um mar. Eram dois meses de *tri legal* (que é como os gaúchos adjetivam as coisas boas) que valiam todo o esforço da viagem de ida — mais a viagem da volta.

Uma onda mais ousada marca presença varrendo parte do quadro que desenhei ainda há pouco, e vai resgatar um episódio marcante da minha infância.

Um dia de verão esplendoroso, a praia — naqueles tempos — deserta, a temperatura amena do Sul, um sol teimoso, desses que fica esticando a hora de dormir para depois das 21 horas.

Sempre gostei de inventar, de provocar, de ser criativo, de pensar fora da caixa. Tinha acabado de ensinar ao meu irmão o "jogo da velha" — riscando a areia úmida com um graveto. Minha mãe vai para casa preparar o jantar. Meu pai olha com ternura para seus filhos e se admira.

Com um pedaço de toco apanhado a esmo, o arquiteto desenha à nossa volta um quadrado perfeito, dois metros por dois. Dirigindo-se a nós, imperativo, informa: "Vou dar uma caminhada. Continuem brincando até eu chegar". E, com aquela argumentação infalível, típica de outros tempos, completa: "Se saírem desse quadrado, vão apanhar!"

O jogo da velha seguia divertido. Eu ganhava do meu irmão. Tudo ia bem, mas (Ah! Eu e meu gênio).... não podia deixar escapar a oportunidade de fazer uma brincadeira com meu pai. Queria ser engraçado sem quebrar o combinado com ele.

Uso o pé para apagar apenas uma linha da figura geométrica que nos restringe. Exatamente a que aponta para nosso edifício do outro lado da rua. Pego o pedaço de toco que meu pai usara para desenhar nossos limites e busco outro graveto, que entrego a meu irmão. Caminhando juntos, riscamos sulcos na areia traçando duas paralelas que expandem as margens de nossa fronteira até a entrada do prédio que leva ao abraço — e aos biscoitos — de minha mãe.

Um pai volta da caminhada e se apavora ao encontrar vazio o cercado que havia demarcado para seus dois filhos. Olha em volta, e nada. A imensidão do mar alimenta seu desespero. A praia quase deserta de gente. Ninguém viu. Ninguém sabe. A aflição encrespa e ganha volume quando ele se volta para o perímetro que havia desenhado para nós. Inteligente que só, logo assimila a expansão da área que agora se estende até os limites da casa de veraneio.

O tempo fecha. Meu pai entra arrancando a porta como um tornado. Só escuto a voz do trovão — "Cadê eles?" (e a minha cara de "metido a inteligente" só piora a situação). O julgamento é sumário. Bem que tentei, mas de nada adiantou apresentar as alegações finais de que, em tese, havíamos respeitado o trato e permanecemos dentro dos limites do quadrado. Inútil implorar, pedir indulgência. Nome do filme: *Uma Tempestade Perfeita*. Enquanto ele tira o cinto — *Mar em Fúria* — e calcula, de cabeça, o tamanho da tormenta que vai cair sobre nós: uma surra matemática, na medida certa dos passos da nossa travessura — elevada ao quadrado.

O grito de uma gaivota me traz de volta ao presente. Encaro mais uma vez o mar que pede respeito à minha frente. Observo parte da arte que desenhei sob meus pés diluindo-se no humor de uma imensidão salina.

Tendo a cumplicidade das conchas, as vagas do pensamento ressonando mansamente, concluo: hoje, de fato, o mar não estava lá uma piscina.

***Nota/desafio do autor:** Escrever estas memórias, flertar com espaço e tempo, acabou resgatando um jogo/desafio que solucionei na infância, e que gostaria de compartilhar com vocês.

A brincadeira é simples: desenhe nove pontinhos dispostos em três linhas de três, formando um quadrado.

* * *

* * *

* * *

Feito? Agora tente descobrir como unir todos os pontos usando somente quatro traços, sem erguer a caneta.

É para se divertir. Procure não levar uma surra.

(Gabarito no fim do livro.)

CHANOCH

חֲנוֹךְ [Chanoch], [Hanoch], [Enoch], nome masc.
Significado: *iniciado, dedicado, disciplinado.*

As persianas de madeira resplandecem ao primeiro chamado de mais um dia, às 4:15 da manhã. Não é preciso relógio. O sol no verão de Israel é pontual. A chuva também — e só vai ocorrer daqui a oito meses.

Agulhas feitas de luz, trespassadas por entre as frestas da janela, vão alfinetar o capote preto abandonado pela noite, que sai de fininho, sem se despedir. Minúsculas partículas parecem dançar magnetizadas nos fachos que iluminam o palco ainda escuro em meu aposento. A natureza canta em alto e bom som. A cena lembra um show de rock. É hora de pular da cama, e ir lavorar.

Aos 21 anos, tomei a decisão de alterar o roteiro pré-traçado de uma vida linear. Larguei tudo, sem remorsos, sem olhar para trás. Abandonei o Brasil da ditadura, a faculdade, o aconchego da casa dos meus pais, a Jovem Guarda e a Bossa Nova. Na bagagem trouxe meus discos, meus livros, meu violão, e nada mais. Parti, disposto a aceitar o desafio de uma experiência única — viver em um *kibutz.*

A casa que recebi é simples, mas confortável: um quarto e um banheiro.

Todos no *kibutz* usam a mesma roupa de trabalho (*bigdei avodá*) — um conjunto de calça e camisa em azul-escuro, botas, e o chapéu típico. Um uniforme ostenta a metáfora do coletivo socialista. E é hilário pensar que essa ideologia vermelha se veste toda de azul (bem, pelo menos aqui essa ideologia deu certo).

Não é preciso passar a chave quando saio. O ar é seco e limpo e tem um perfume característico e agradável: uma mistura de terra recém-arada, jasmim, ervas daninhas (em que predomina o *zatar*), feno de trigo — e esterco de vacas.

Cheguei há dois anos, já domino bem o idioma. As pessoas, as coisas e os sentimentos têm nomes diferentes, a escrita é da direita para a esquerda, com caracteres raros, milenares. O mais difícil, porém, é reter o gênero invertido de algumas palavras-chave, aceitar a concordância e nelas encontrar poesia: admitir, por exemplo, que Sol é feminino; e Lua, masculino; que a noite e as estrelas brilham no masculino; que olhos e dentes seduzem de um jeito feminino.

Havia terminado o serviço militar — que, em Israel, é exigido para homens e mulheres — e estava no auge da minha boa forma física e juventude. Por isso fui designado, pelo conselho do *kibutz,* a trabalhar na *falcha,* o setor produtivo agrícola.

O diretor do departamento se chamava Chanoch, um nome de som arranhado, duplamente gutural — que se pronuncia "rranorr" —, como se você precisasse expelir um incômodo matinal atravessado na garganta, duas vezes.

Lembro-me do nosso primeiro encontro. Eu estava animado para aprender, com ele, tudo sobre as técnicas da notável agricultura israelense. Apareci no local e no horário combinados, em frente ao grande silo. Com as mãos em concha, pego do chão uma parte das sobras de grãos que reluzem como bronze, e lhe pergunto: "O que é isso?"

O sorriso de Chanoch fica a 2 metros de altura, e tem 2 metros de largura. É preciso erguer os olhos para escutar o que me responde, surpreso: "Você realmente não sabe o que é isso?"

Meu silêncio reverbera o som da minha ignorância. Abaixo o rosto fitando as minúsculas preciosidades que brilham encapsuladas em minhas mãos como vagalumes matinais. Busco escapar do olhar meigo e um tanto bronco daquele homem, que demonstra paciência e compaixão — e parece zombar da minha burrice citadina.

"Esses grãos alimentam a humanidade há mais de 5 mil anos. É deles que se faz o pão, as massas, os biscoitos".

Assim era o Chanoch, um nome que brota da raiz hebraica *chinuch* — educação, cultura. Uma pessoa de frases curtas, da teoria posta em prática.

Sigo seus passos firmes em direção ao Caterpillar D-4, um trator de força. Ele me ensina a verificar o óleo, abastecer de diesel, mostra como usar as alavancas de comando que travam as esteiras para guiar a máquina. Aprendo a encaixar um pesado arado de aço, e seguimos até o campo seco e esgotado, de solo duro e estéril da última colheita. "Hoje vamos preparar a gleba para a próxima safra" — ele me diz, enquanto seu rosto se enche de entusiasmo.

Sentado à sombra de uma árvore órfã, ele me observa. O motor rosna, arrastando um canino de ferro que rasga o solo. Um rastro de fertilidade sangra e se renova sob meu comando. Após um dia de trabalho, metade do terreno está revigorado. Esta noite o trator vai dormir ao relento. A tarefa será completada por mim, amanhã. Volto a pé para casa, cansado e feliz. O ar continua seco e puro. Poucos sabem, mas parte desse perfume ao cair da tarde eu ajudei a derramar.

Com o mesmo sorriso rústico e doçura de 2 metros, Chanoch ia me ensinando cada etapa do processo de extrair da terra a sua vocação.

Me ensinou a dirigir outros tratores, o Fiat 40, o John Deere 3030 e o fabuloso 4042 (com cabine, ar-condicionado e direção hidráulica). Com ele aprendi a arte de semear, irrigar, cuidar e colher ao longo das estações do ano, aí sempre bem acentuadas.

O ofício é árduo e solitário, por vezes monótono, mas plenamente recompensado quando se observa a região testemunhar o brotamento de diferentes milagres: algodão, grão-de-bico, trigo, girassóis. Trabalhar a terra é como pintar paisagens.

O *kibutz* pode ser estudado em teoria. Mas é uma experiência vivida na prática. Com Chanoch, esses conceitos ficaram enraizados em mim para sempre.

Israel é um país minúsculo, e a natureza não lhe foi generosa. Os primeiros pioneiros (*chalutzim*) que aqui chegaram para fazer uma nação extinta renascer das cinzas precisaram domar pântanos ao norte e desertos ao sul. O belo hino "*Hatikva*" (A esperança) não reverencia nem o heroísmo, nem os sacrifícios, nem as glórias do passado, apenas um canto singelo de um sonho milenar, cultivado por um povo que aspira viver em paz em sua terra. Uma realidade que pessoas como Chanoch ajudaram a plantar.

POSICIONAMENTO

Tenho pensado muito a sério sobre meu posicionamento diante da situação política deste primeiro turno (preferível nem pensar, fala sério!) quando recebo no *WhatsApp* mais um destes vídeos toscos, malfeitos e mal-intencionados que circulam nos porões mais obscuros da *dipi uébe* — e isso me tira do sério.

Uma montagem muito da xexelenta usando um recorte de reportagem de TV ao qual acoplaram uma legenda estática com afirmações infundadas, vincadas por teorias da conspiração com dizeres que não são sequer tratados ou mencionados na matéria em si.

O que que tem o cu com as calças? — pensei.

Essa gente não se remenda. E ainda vive passando pano.

Vejam (ou melhor, não vejam) que resolvi conferir só porque veio de uma pessoa amiga, inteligente, instruída e muito, mas muito... bem-sucedida. Será que não conseguem perceber a farsa? A mentira pega de calças curtas? O golpe abaixo da linha da cintura? Foi o gancho!

Eu tinha perto de 13 anos quando meu pai me levou a um alfaiate para moldar o terno que eu usaria no meu *Bar Mitzvá*. O senhorzinho pediu que eu ficasse quieto enquanto tirava as minhas medidas, instruiu meu pai quanto ao tipo e quantidade de tecido, e ficamos de voltar para os últimos ajustes, poucos dias antes da cerimônia de minha maioridade.

Tenho clara a lembrança daquele homem marcando com giz a altura correta da bainha, o ponto da cintura, o comprimento das mangas. Eu estava maravilhado com a habilidade do velho, quando ele alfinetou minha curiosidade juvenil dizendo que o gancho da calça precisa ser mais folgado do lado esquerdo. Percebo que esconde um mistério no bolso daquele silêncio proposital, dá uma piscadela de olho em direção ao meu pai e arremata dizendo que devemos posicionar "a coisa" sempre à esquerda.

Fiquei com essa história bem alinhavada na cabeça por estes anos todos. E confesso a vocês que, desde aquele dia, me mantenho posicionado do mesmo jeito em tudo que é situação, seja na sunga, seja na bermuda ou na calça jeans — sempre à esquerda.

Isso até receber esse vídeo de hoje, que, cá entre nós, achei muito mal costurado. Pois então, passei o dia inteiro pesquisando na internet a conferir se o detalhe do gancho e do posicionamento era para valer mesmo, se é coisa séria ou piada. Aquilo seria fato ou *fake*?

E vou dizer: procurei muito, procurei em tudo que é lugar, acho que aprendi tudo sobre corte e costura, mas sobre esse lance de gancho maior por causa do posicionamento... hummm não encontrei nada, nadica (#ficadica).

Pois é, a primeira calça comprida a gente não esquece. E juro que nada disso foi inventado. E vos digo que fiquei atordoado, sabendo que passei meus últimos 55 anos me posicionando sempre do mesmo lado e tudo por causa de um... mito. Que barra!

Não fosse por esse vídeo, seguiria sem saber a verdade, e seguiria mantendo meu posicionamento até chegar o dia de abotoar o paletó — se bem que os judeus enterram seus mortos pelados, cobertos apenas por uma mortalha (e, por favor, não me venham com mais perguntas nessa hora de revelação).

Quer saber, agora é tarde. Não vou mudar o voto depositado na urna, sempre do mesmo jeito e desde sempre.

Já nem sei como encerrar este assunto, dar um *overlock*, avançar algumas casas nesse papo trespassado e cheio de pespontos.

Só sei de uma coisa, e não tem nada a ver comigo: se preparem, porque daqui para frente vai ser pau pra todo lado.

MINHA ALMA ENCANTA

Meu signo é Peixes, nasci em um 1º de março. Minha beleza é mestiça: sou filha de português e índio. A natureza me foi generosa (sim, eu sei!) e por isso, apesar da idade, sou chamada de maravilhosa. Uma puta de 457 anos é o que sou. O que mais teria a lhes dizer?

Rio de ser tão cantada. Rio de ser "berço do samba e das lindas canções". Rio dos "encantos mil". Rio de gente que chega em mim dizendo: "Minha alma canta" (onde já se viu?).

Rio de Andaraí, da Tijuca ao Maracanã, onde Flamengo e Botafogo se encontram. Rio da malandragem que saiu da Lapa e tomou conta de mim por inteiro como se eu fosse uma aposta, como se eu fosse um bicho. Rio do *Rock in Rio* e do Funk-se quem puder.

Mas cansei!

Cansei de ser explorada, vilipendiada, abusada, desde que me impuseram um porto e deixei de ser virgem (eu era ainda tão jovem!). Em meu seio abriguei todo tipo de gente: de franceses a portugueses, de africanos a americanos, de árabes a chineses. De braços abertos deixei que viessem. Deixei que viessem todos, abusar do meu corpo, se lambuzar em minhas tetas, gozar na minha cara.

Mas agora cansei!

Cansei de ver de imperadores a escravos pisando na jaca, tomando para si o meu relevo, se embrenhando sem pedir licença em minhas matas, se apoderando dos meus remansos, cimentando as minhas veias, fazendo brotar horrendas verrugas sobre a minha pele.

Rio com resignação, porque nem Sebastião (meu santo padroeiro, todo flechado por flecha perdida), nem as fogueiras de Iansã, nem as águas de Iemanjá, nem Alá, meu bom Alá, nem mesmo o Redentor — que cravaram em mim — me salva.

Hoje, meu fogo é fátuo, no artifício dos fogos de Copacabana, a cada ano novo.

Uma puta cansada de 457 anos é o que sou! Uma puta cansada de glórias a todas as lutas inglórias. Uma puta cansada de tudo: das pedras em mim atiradas, às pedras pisadas do cais.

Já não me serve a beleza do corpo que me tomaram.

Só não me levem... a alma.

RECANTO DA VISTA CHINESA

"... se em algum momento parecer que enlouqueci,
saibam que ninguém é verdadeiro na lucidez. Ninguém"
(Tatiana Salem Levy, Vista Chinesa).

"Perdeu!" foi o grito abafado que escutei, vindo de trás, e que não consegui entender de imediato. "Perdeu!" Perdi o quê? — pensei, me virando, para só então perceber os dois homens, um deles armado, que empurrava uma pistola contra meu rim. Lembro-me de ter reparado que era uma pistola automática, prateada e de bom calibre. "Perdeu! Mané, fica quieto. Se gritar, morre".

A ação é toda muito rápida.

"Calma, cara. Calma. Tudo bem! Toma, pode levar o carro" — entregando a chave para o que está à minha frente. Mas o da arma contra meu rim insiste: "Perdeu, porra, perdeu! Dá logo a chave. E entra no banco de trás. Vai, porra!"

O golpe do cano nas minhas costas, quase me perfurando; a dor; a raiva disso tudo; pior que a dor e a raiva disso tudo é a impotência diante da situação em que me percebo. "Cala a boca e entra no carro, porra; tô mandando, porra; vai... entra logo!"

De início, não conseguia entender a insistência deles em me levar com o carro, deduzi que seria uma forma de garantir que o alarme antifurto não havia sido acionado. Eu estava confiante de que eles me largariam na próxima esquina. Então, para meu azar, o bandido que havia assumido a direção do veículo repara no adesivo colado no para-brisa e, apontando para o comparsa, rosto crispado, declara: "O cara é polícia".

Gelei! Eu sabia que aquele adesivo representava a minha sentença de morte, e o pior é que estava colado ali por um mero acaso: meu irmão, depois de ter quatro carros furtados, ganhou-o de um delegado de polícia que se compadecera dele. "Cola em um lugar bem visível, que isso vai afugentar os ladrões". Eu ficava imaginando como isso ia terminar: eu seria conduzido como um troféu para ser barbaramente torturado pela quadrilha, depois, já semimorto, seria levado ao "micro-ondas" — uma pilha de pneus em que desafetos e policiais capturados são queimados vivos.

Eu me lembro. Da cena toda. E me lembro bem do ano: 1982. Não tem como esquecer: eu tinha acabado de voltar ao Brasil; eu tinha acabado de participar de uma guerra onde, por pouco, quase morri; onde, por pouco, quase morri, duas, três... onde, por muito pouco, quase morri... algumas vezes; uma guerra em que eu poderia ter sido feito prisioneiro; certamente eu preferiria ter morrido a ser feito prisioneiro; sinceramente, acho que só não morri porque não era a minha vez de morrer daquela vez, ali, no Líbano.

Não gosto de pensar no destino, acho-o pernóstico, metido a besta, exibe um certo fetiche por momentos aleatórios, adora jogar tarô; acredito que a diferença entre estar no lugar certo na hora certa ou a estar no lugar errado na hora errada depende tão somente do lado em que se encontra, virada, uma mesma carta.

Pelo menos era assim que eu pensava, naquele dia, o revólver apontado para mim. Pelo menos é assim que eu continuo pensando, hoje, enquanto tento, novamente, me esquecer desses acontecimentos trágicos pelos quais passei (e que considerava... página virada).

Eu não queria morrer deste jeito, logo aqui... agora. Seria uma imbecilidade morrer só por causa de um carro, ainda por cima um carro que nem era meu. Eu estava a caminho de devolvê-lo para o meu irmão. Eu estava feliz por ter conseguido, meses antes, driblar aqueles momentos tão dramáticos que poderiam ter selado o meu destino, quando os bandidos chegaram, sem que eu pudesse perceber.

Lembro-me bem de tudo: era véspera de Natal, era véspera de verão, era véspera de um Brasil efervescente e promissor que engatinhava, finalmente, para uma democracia tão sonhada; um Brasil de "Circo Voador" (aquela lona montada no Arpoador como um Grande Templo); um Brasil de Boal; um Brasil de "Asdrúbal Trouxe o Trombone"; um Brasil de bêbados e equilibristas; um Brasil de Gabeira voltando de sunguinha do exílio compulsório; um Brasil que entoava alegremente o brado retumbante do "Diretas Já".

Eu estava radiante. Eu havia sobrevivido a uma guerra. Eu estava no lugar certo na hora certa quando os assaltantes chegaram por trás gritando "perdeu".

Refém, no banco de trás, eles sobem o morro comigo: o bandido com a arma, sentado no banco do carona, o cano apontado para a minha cara, o dedo no gatilho, não tira o olho do meu olho. Ambos estão nervosos (mais nervosos até do que eu). Ambos parecem drogados. Sei que preciso ficar calmo. Busco a palavra certa (e, acreditem, buscar a palavra certa nessas horas é bem mais difícil que escrever). Eu precisava convencer os bandidos a me largar ali, na próxima esquina (de preferência vivo).

Arrisco uma jogada de abertura "Eu sou músico profissional, esse carro não é...", quando sou interrompido pelo sujeito mal-encarado da arma: "Cala essa boca, porra! Ou a gente queima você aqui mesmo" (até que não seria uma má ideia, pensei, diante das opções que se desenhavam).

Qualquer palavra errada, qualquer buraco no asfalto, qualquer freada brusca e...

E eu achando que tinha me esquecido do episódio, como quem acredita ter suplantado a dor de uma fratura já consolidada, até que um dia mais cinzento e chuvoso — ou um livro — faz ressuscitar a lembrança da dor e passa a evocar o luto que você acreditava, há tempos, ter enterrado.

Foi assim que, 40 anos depois, um livro que parte de um acontecimento trágico bem distante do que vivi (e que considerava liquidado) me coloca em contato com a mesma sensação de dor, raiva e impotência que busco esquecer, há anos.

Às vezes é tudo de que precisamos (mais que análise): um bom livro, narrado em primeira pessoa, a tratar com delicadeza de uma dor universal a ser compartilhada, que faz com que nos tornemos íntimos e cúmplices do processo que busca curar cicatrizes e assentar fraturas por meio da arte.

DE CORPO E ALMA

Acordei mais cedo que de costume, às 4h da matina. Ainda sonado, fui preparar o café. Despejei um pouco de água fervente para escaldar a garrafa térmica. Procurava me concentrar, ativar meus neurônios entorpecidos para colocar a medida certa de pó no filtro de papel, quando escuto umas batidas ritmadas e suspeitas na cozinha. Um instinto animal busca me despertar para a realidade antes de mim. Me acalmo ao perceber que era apenas o alvoroço da tampinha que se movia em um sobe e desce constante — como se adquirisse alma própria —, impulsionada pela pressão do vapor dentro da jarra. Não sei se foi pela mistura do susto com o onírico da hora, mas o episódio acabou me levando a elucubrar sobre a questão crucial da dicotomia existente entre Corpo e Alma que gostaria de registrar aqui, antes de a cafeína começar a surtir efeito e a razão voltar.

Na visão mais clássica (e conservadora), há uma disputa polarizada entre Corpo e Alma, em que o corpo é o vilão e a alma ocupa lugar de respeito. Somos induzidos a acreditar que o corpo é a morada da tentação ("a carne é fraca") a abrigar nossos instintos mais primitivos em oposição à "pureza da alma", especialmente quando esta — nutrida por preceitos religiosos — consegue encabrestar nossos impulsos animais. Reza a crença (e muitos acreditam nesta ladainha) que, estando no paraíso, Eva, seduzida pela serpente, vai desrespeitar a palavra divina provando do fruto proibido para praticar o "pecado original" (que de original não tem nada, convenhamos) — e, a partir dali... danou-se. Este é o senso comum.

A tampa da garrafa térmica buscando se desprender do corpo que a aprisiona me remete a uma provocação interessante — e diametralmente oposta — trazida pelo rabino e pensador Nilton Bonder em seu livro *A alma imoral*. Por sua ótica, o *Corpo* é puro (e conservador: foi criado tão somente para a preservação da espécie). Já a *Alma* (licença poética minha) é uma pouca-vergonha. O "*Imoral*", atribuído por ele à *Alma*, é na verdade uma qualidade, uma potência positiva, disruptiva, essencial para a evolução de nossa linhagem.

Biologicamente, todos os seres vivos (humanos inclusos) costumam vir ao mundo apenas com um propósito: reproduzir uma nova geração para se perpetuar. Uma flor, um beija-flor, uma minhoca, uma vaca — ou um *cowboy* — estão no mundo apenas para isso. Naquele Jardim do Éden havia um fruto que não era para ser comido. E aqui vem a parte original (fruto do pensamento instigante do rabino): não era "do pecado" aquele fruto — como fomos doutrinados a acreditar —, e sim do conhecimento, do discernimento. Ao provar deste fruto, passamos a nos ver como algo externo ao paraíso em que estivemos inseridos; passamos a nos perceber de outra forma; passamos a nos enxergar como "eu estou nu"; passamos a nos apropriar de nosso corpo, e da nossa existência.

Gosto dessa ideia de uma outra Eva (mais descolada) cuja intuição serpenteia para avivar a bestial lerdeza dos homens*. Em oposição às demais espécies — que sustentam o milagre da vida encaixada em um paraíso —, experimentamos uma dimensão existencial única: podemos agora construir cenários; definir quem e o que somos; criar a nossa história. Passamos a transmitir para gerações futuras mais que apenas genes e corpos resignados, estabelecidos na realidade em que vivemos; aprendemos a degustar do acinte (e do improvável poder) de modificá-la.

Adão e Eva provam dessa transgressão. E não é que gostam do atrevimento? Todos nós somos consequência dessa desconstrução, dessa proibição primeira — desrespeitada. E o bom... é que isso é bom (ao contrário do que pregam os pregadores)!

Enquanto meu corpo pedia por mais café, passei a matutar sobre essas coisas. Foi sabendo usar o potencial desse instinto transgressor que conseguimos entender que o planeta em que vivemos é redondo (O.K., tem gente que ainda discute essa questão!) e que somos nós a circular ao redor do Sol enquanto ficamos dando voltinhas sobre nós mesmos; que o ciclo da Lua coincide com o ciclo da fertilidade; e que é por força da gravidade que a maçã cai. E isso tudo, tornado conhecimento, é transformador — não é pecado.

Me dou conta de que, enquanto nossos ancestrais se utilizavam do corpo à procura de caça, comida e cabelos para agarrar — buscando satisfazer a sua sobrevivência —, a alma petulante seduzia nossa espécie a sair daquela zona de (des)conforto, passando a questionar, a refletir, a subverter, a abandonar aquele paraíso vivido em modo automático. Vamos dar nome aos bois para criar as primeiras palavras (e pinturas rupestres) e promover o surgimento da linguagem — lugar onde criamos e unimos a realidade de nossas tribos.

A nossa alma transgressora vai à luta, primeiro substantivando as coisas: céu, terra, fogo, ar; em seguida comparando, medindo e adjetivando tudo que havia nominado; depois, verbalizando para construir enunciados mais complexos e regrar nosso destino: as leis, os impostos, a astrologia; então, inventar a mágica das metáforas e figuras de linguagem.

Meu corpo reclama da bebida que esfriou enquanto reverbera em mim o pensamento de que, em algum momento no passado de nossa humanidade, alguém acordou cedo para preparar um café bem forte, se assustou com o frêmito da alma de uma tampinha de metal contra o corpo da chaleira... e acabou inventando a máquina a vapor, que culminou na Revolução Industrial.

Fui para o banho imaginando que, por causa dessa nossa capacidade de transgressão, de não aceitar viver apenas uma realidade paradisíaca de Adão e Eva, meu sobrinho de 16 anos, hoje, ao acordar, vai acionar a cafeteira elétrica simplesmente dizendo: "*Alexa,* faz o café".

*Nota do autor: Intuição, em hebraico, é *nichush* — palavra formada com a mesma raiz semântica de *nachash*, serpente.

ESTICANDO O TEMPO!

No filme *Tempos modernos* (de 1939), Chaplin retrata, por meio de imagens que se tornaram icônicas, um mundo sob o jugo do conceito de *produtividade* que decreta: tempo é dinheiro.

Evoluímos. Hoje as tarefas repetitivas são executadas por robôs, e a atenção submissa das pessoas diante da tela de cristal líquido passou a ser *monetizada*. Em nossos "tempos modernos", vagamos como zumbis contaminados pelo conceito de *conectividade* que decreta: seu tempo — conosco — é dinheiro.

Saudades dos tempos em que a gente dava um tempo. Um tempo daqueles de não fazer nada. Um tempo apenas para contemplar. Ocupar nosso tempo desocupando-se, tipo... estirar-se na grama por um bom tempo largado a fitar o céu... os cílios pincelando nuvens de aquarela num infindo *Teste de Rorschach* até que a voz da mãe nos chamasse, fazendo a gente cair na real.

Nas minhas coisas tão banais... descubro meus retiros espirituais.

É nisso que eu penso, enquanto estou aqui, trocando as cordas do meu violão.

Aproveitar o lavar da louça depois de um jantar com amigos, tentando adivinhar, nos vestígios deixados em cada prato, as diferentes personalidades que estiveram à mesa; imaginar os humores e intenções que transparecem na escolha da cor de um batom que se agarrou teimosamente a um cálice.

Tentar não pirar ao organizar minha área de trabalho no computador (tarefa tão inglória quanto decidir organizar a estante de livros), resignando-me a aceitar que isso é como uma sessão de psicanálise em que quem manda é o inconsciente, e mudar alguma coisa de lugar é a maior doideira!

Ditar o torque certo entre apontador e lápis, com a responsabilidade de quem busca obter "aquela" ponta de arar sulcos e semear texto novinho em folha no bloco de anotações recém-comprado (uma experiência tridimensional, vamos combinar!).

Comemorar, cada vez que se confirma o recipiente plástico de *Tupperware* escolhido a olho, acomodando a quantidade exata da comida que sobrou na panela como se tivesse sido escolhido a dedo. Engraxar os sapatos com calma, driblando a ansiedade do encontro de logo mais.

Tem mais de 50 anos o meu violão, esse companheiro, cúmplice e confidente de histórias marcantes que dariam belas canções. Meu ânimo volta a cada ritual, a cada novo jogo de cordas. Abro a embalagem com a reverência de quem visita um templo. Cada envelope é como um botão que implora para ser desapartado pela primeira vez. Aprendi a dominar a inquietude em meus dedos. A amarra de estreia é fundamental para manter a afinação. Há espera e espanto na madeira enquanto ajusto a tensão da corda. Deixo que me mostre, deixo que me diga. É preciso saber sentir, é preciso saber escutar. É como um ato de amor.

Mas olha eu aqui, perdendo tempo.

Perdendo não...

esticando.

O IMPROVÁVEL

O outono parecia estar atrasado ao amanhecer daquele 19 de novembro de 1977. O caminhão mantinha as luzes apagadas quando pulamos, tomando posição entre os arbustos, seguindo as ordens do tenente.

Ajustava o capacete, buscando me recompor da viagem sacolejante no meio da noite. Procurei uma posição confortável para me proteger entre as pedras, como havia aprendido nos treinamentos.

A escuridão se dissolvia lentamente. Uma brisa suave trazia os cheiros do campo mesclados ao perfume de esterco, aguçando minhas narinas, que tentavam antecipar o que meus olhos ainda não conseguiam ver.

O sol começa a mudar a cor de fundo da paisagem revelando, aos poucos — com a calma de quem busca escrever um livro — o cenário e a missão.

O comboio passaria em instantes pela estrada que serpenteia poucos metros abaixo. Eu precisava administrar a ansiedade, exercitar a paciência, e me manter alerta.

Uma colcha de retalhos de múltiplas cores e texturas, feita de cortes irregulares e diferentes tecidos, começa a ser estendida bem à minha frente, até onde o meu olhar alcança: campos cultivados de trigo, algodão, grão-de-bico, melões, e gomos de terra recém-arada. A geografia, vista de onde estou, lembra um enorme mapa colorido com dezenas de países mal traçados.

Então, um milagre: milhares de girassóis despertam ao mesmo tempo. Erguem a cabeça e se voltam em uníssono mirando obedientes para uma só direção, como uma tribo de um povo antigo seguindo os passos de um profeta.

A paisagem me é familiar. Tomado pela surpresa, finalmente reconheço o local em que me encontro, no topo da colina de Latrun, um ponto estratégico desde os tempos bíblicos, palco de inúmeras batalhas ao longo de vários séculos. E me aflige pensar na assustadora quantidade de soldados que tombaram disputando a soberania deste pedaço de terra que se debruça sobre a principal rota que liga Tel Aviv a Jerusalém.

O dia agora é franco. É possível avistar, a olho nu, do outro lado da estrada, o refeitório, a lavanderia comunal, a oficina, a estufa de rosas, o *Beit Ieladim* (casa das crianças) em meio a estes campos cultivados do Kibutz Nachshon, onde morei quando decidi viver em Israel.

A espera pela passagem da caravana me permite refletir sobre a história e a situação política do país. Desde a sua independência, em 1948, Israel precisou se defender sozinho e, talvez por não haver outra opção, conseguiu vencer as sucessivas guerras contra seus vizinhos árabes em 1948, em 1956, em 1967, em 1973. Esta última, deflagrada de forma astuta — e ardilosa — pelo general Anwar Sadat, do Egito, exatamente no dia mais sagrado para os judeus, o *Yom Kipur.* O ataque maciço e inesperado, iniciado no dia em que um país inteiro se recolhe em orações e com as tropas reduzidas por conta das folgas foi catastrófico. O exército de Israel conseguiu reverter o resultado e ganhar a guerra, porém ao custo de muitas vidas. O partido trabalhista de Golda Meir recebeu duras críticas por não ter antecipado e prevenido o ataque-surpresa, enquanto Sadat — mesmo derrotado — era reconhecido pelos egípcios como herói, por ter infligido muitas baixas ao inimigo.

Desde a sua criação até aquele momento, Israel havia sido conduzido por políticos de visão humanista e de esquerda. Eu estava particularmente frustrado porque, naquele ano, houve uma guinada política e, pela primeira vez, um representante da direita ufanista e radical era eleito para dirigir o país — Menachem Begin.

A paz parecia cada vez mais improvável naquele cenário político dominado por dois falcões, Begin e Sadat, frente a frente, ambos extremistas, ambos ferrenhos nacionalistas, ambos intransigentes em suas posições.

Mas a história comprova que mesmo o improvável pode acontecer.

O líder egípcio havia declarado, em tom de bravata, que estaria disposto a "ir até o fim do mundo, até mesmo ao Knesset (o Parlamento israelense), em busca de uma solução para o conflito no Oriente Médio". Begin respondeu com outra bravata: "Pois, se ele quiser vir, será bem recebido".

O rádio do comandante informa que o presidente egípcio havia desembarcado em Tel Aviv. Ficamos a postos em nossas posições. A comitiva parte. Israel é um país pequeno, de fronteiras estreitas... 20 minutos e já era possível escutar a sirene dos batedores. Vejo os carros desfilando diante dos meus olhos. Meu coração acelera. Sadat passa em segurança, rumo a Jerusalém.

Meses depois, Begin e Sadat assinam o acordo de paz entre Israel e Egito. No ano seguinte ganham o Prêmio Nobel. A paz entre os dois países perdura até hoje.

E eu estava ali, ajudando a garantir que nada pudesse sabotar...

o improvável.

PRELÚDIO

Admirava o dom que é facultado ao silêncio.

Especialmente quando se faz presente em toda a sua plenitude, com a sua melhor qualidade: o silêncio que é prelúdio.

Aquele, que antecede quatro momentos trágicos de nossa existência: o nascimento, a morte, o amor... e a guerra.

Aprendeu a respeitá-lo.

Para cada notação musical, a impor o tempo de uma nota a ser tocada, há uma representação gráfica equivalente, marcando a duração do que deve ser silêncio.

Cada silêncio tem seu tempo — e valor. Ele sabe, ele é músico.

Todos passamos por isto: o momento em que é chegada a hora de abandonar a embarcação e somos afogados pelo primeiro silêncio; um acalanto no abandono; nada mais pulsa, nada mais borbulha, nada mais ecoa; somente aquele silêncio que chega antecipando o assombro da primeira luz; aquele, que nos faz chorar pela primeira vez.

Há o silêncio que se embrenha cobrindo quadros, entardecendo a casa, anoitecendo a alma, agasalhando ausências que somente no silêncio poderemos ressuscitar.

Conheceu, também, o silêncio que faz calar a floresta fazendo os bichos sumirem, desconfiados; as árvores deixam a conversa para outro dia; o tempo cessa; o trovão aguarda. Um silêncio que vai despertar o coração cansado da tropa. Como um silêncio de orquestra antecipando o movimento do maestro ao cair da batuta no tempo certo da primeira nota do compasso de abertura. Um silêncio aprendido, que se faz percebido antes mesmo que seja possível ouvir o zunido que precede o cair da primeira bomba. Ele sabe, ele era músico quando se fez soldado.

Hoje, a primavera tenta se impor ao luto. Paris se recupera. A multidão sai às ruas. É preciso avaliar os danos, as perdas. É preciso atualizar o censo. Há órfãos, há viúvas. As moças que se despediram dos meninos já não são mais moças. Os meninos que agora retornam não são mais meninos.

No meio da multidão, um par de olhos. A jovem veste o cansaço de uma longa espera. Aparenta ter sido prisioneira, por muito tempo, de lembranças que se dissiparam. Um coração resignado pela primeira vez perde o compasso ao sabor de uma mirada.

Há algo pedindo para acontecer, antes até do silêncio que se insinua diante do inevitável.

Ele, agora desarmado. Ela, firme, corajosa, tem um modo de olhar que ele reconhece: decidida, implora para ser fuzilada.

O fotógrafo se prepara, antecipando a cena. Ninguém fala. Um quarteirão inteiro se cala.

Uma foto captura o silêncio que emoldura o beijo.

*Nota do autor: Texto escrito com base na foto *O beijo*, de Robert Doisneau, 1950.

TENHO SEDE!

Traga-me um copo d'água, tenho sede...

Acordo com a música na cabeça. Minha mãe entra no quarto para se despedir.

— Limpe a areia dos gatos três vezes ao dia. E não deixe muita bagunça na sala. Juízo. Te amo, filha.

A preguiça matinal em meus olhos consegue apenas adivinhar a ansiedade no aceno do meu pai por trás dos ombros dela, querendo partir antes do trânsito em véspera de feriado.

Eu teria um fim de semana só para mim.

Tão bom escovar os dentes, fazer xixi, preparar uma torrada com geleia, passear livre pela casa depois de um banho demorado. Poder ler um livro, nua.

Apenas a toalha úmida, largada sobre a cama, me faz companhia. Fecho a porta para manter a curiosidade dos gatos do lado de fora. Um livro e um espelhinho me bastam. A curiosidade agora é toda minha.

Traga-me um copo d'água, tenho sede...

Dessa vez tenho todo o tempo de que preciso. É gostoso. Quando foi que deixei de ser menina? Quando foi que aprendi a aceitar a companhia desses pelos? Quando foi que ganhei de presente esse perfume?

A planta pede chuva, quando quer brotar...

Eu havia ensaiado ao longo dos anos uma coletânea de caras e bocas. O tom do batom, o tamanho do sorriso, a coreografia certa dos cabelos. Aprendi a reconhecer os meus melhores ângulos para as fotos com as amigas. Parte do repertório deixei reservado, e algo em mim, que me é estranho, implora para que se revele agora.

O fim de mais um ano se aproxima. Sigo bem nas provas. Gosto de todas as matérias: as que nos levam pela história, ou a passear por outros países; as que ensinam a calcular o tamanho dos passos, o volume das sombras; as que ensinam a fugir ou se embrenhar no emaranhado ardiloso das palavras.

Ansiava aprender, sobretudo, as disciplinas que ajudam a desvendar os mistérios das coisas da natureza — e do corpo humano.

Na pequenez de um reflexo, percebo meu corpo, que delira experimentar o que é líquido se transformando em sólido. Preciso alucinar. Como será, afinal?... absorver toda a dureza do gelo... aceitar que se derreta.

Hoje acordei decidida. Serei a primeira da turma.

Penso nas "condições ideais de temperatura e pressão" quando, depois de mais um banho e já vestida, confirmo através do olho mágico da porta a extensão da aventura a qual me permito abrir.

Na escola, sou eu que aguardo paciente o nome dele ser chamado, 11 nomes depois do meu. Hoje, serei eu a lhe fazer ansiar a chegada do momento certo em que lhe farei a chamada.

Sei que vou precisar guiá-lo em nosso primeiro passeio. Sei que precisarei fingir que não o percebo fingindo saber o caminho.

Atino, somente agora, como as aulas de literatura foram importantes. Como me ajudam a ler por entre as letras do que nem sequer é conversado. Como me ajudam a degustar o adiar dessa aflição — e do que transparece do combinado, nas entrelinhas.

Sobra sofá enquanto trocamos palavras e carícias em seus domínios. Passamos dos prefácios e das metáforas. Há um desfecho prestes a ser acolhido.

O telefone toca, interrompendo a música que solicita ser tocada.

— Sim, mãe, limpei a areia dos gatos. Sim, sim, está tudo bem. Já estou indo dormir. Também te amo.

Observo-o, desajeitado, no esforço de recuperar o prumo, tentando se esconder no silêncio enrubescido.

Enquanto desligo, imagino meu pai. Se ele estivesse vendo esse menino perder o equilíbrio diante dos meus olhos, diria: "Que perna de pau". Pensar na expressão me faz rir, enquanto uma intuição felina — mais ágil que a minha — chega para se roçar nas pernas bambas que eu quero roçando as minhas.

Sinto o meu propósito ronronando. Dentro de mim, vulcão.

Em que momento se abandona a segurança de um sofá por algo mais convidativo? E quem faz o convite?

A noite é minha. Como será meu o braço que me acompanha em direção ao meu atrevimento.

A curiosidade dos gatos mais uma vez é mantida do lado de fora. Parecem resignados, cúmplices do inevitável prestes a acontecer.

Com calma, deixo que me explore, que se encante — indefeso à minha ousadia.

No chão, a camisa largada se embaralha com a blusa que há pouco agasalhava meu pudor. Ele se atrapalha todo para desatar o último elemento que teimava deixar incompleto o nosso abraço. Eu o ajudo.

Penso nas leis da física enquanto a noção de gravidade se perde. Penso nos elétrons da minha pele reagindo aos elétrons dele. Então é isso?

...Minha garganta pede um pouco d'água.
Se não me deres, posso até morrer.

A PRIMEIRA NOITE DE UM HOMEM

Vez ou outra chega a hora daquele momento clássico. Aquele que balança os alicerces de qualquer homem: conseguir abrir o fecho do soutien de sua amada de forma tranquila e sensual (e sem dar vexame). Claro que não é por falta de jeito ou de experiência na arte de abrir soutien, que o fecho às vezes cisma em dificultar a nossa vida. Ora bolas, todo mundo sabe que um fecho de soutien novinho em folha costuma vir de fábrica com uma dose extra de dificuldade só pra sacanear, só pra desafiar nossas habilidades na hora "H" (com agá maiúsculo).

Refletir sobre isso me faz rir (de nervoso) e me faz recordar do texto que escrevi — todo na voz dela — para homenagear a minha "primeira noite de um homem" — que, sem falsa modéstia, foi um verdadeiro fracasso (a noite, não o texto). E, já que vocês leram este livro até aqui, resolvi contar (somente para vocês) os detalhes mais intimistas daquela minha "primeira noite".

Pois então, eu tinha uma namoradinha mais sapeca, uma colega muito aplicada (a melhor aluna da classe) e que estava determinada a ser a "primeira da turma". Feriado, os pais dela viajaram, e ela estava resolvida: seria naquele fim de semana.

Agora adivinha!? Quem era o eleito por ela para a realizar a digníssima tarefa? Imaginem a cena, éramos dois jovens, ambos, debutantes (em tudo) e prontos para a grande festa... particular. Tudo bem que eu ainda engatinhava na arte de conseguir tirar com alguma dose de talento e mérito artístico o primeiro *soutien* de uma menina que mal tinha seios e mal se acostumara a usar *soutien*. É o que temos (o que ela tem, melhor dizendo) para hoje!

E posso dizer com tranquilidade: até que a coisa estava rolando, tudo indo às mil maravilhas (e bem longe de virar as mil e uma noites). Já havia se instalado um climão entre nós. E incenso, e velas acesas por todo lado, e as primeiras carícias, e beijos... enfim, aquele desfecho previsível e ansiado como nas melhores comédias românticas de fim da tarde.

Depois de um tempo e de alguns amassos, as roupas abandonadas pelos cantos, os dois já pelados na cama dos pais (dela) prontos para o desenlace. Meu desejo parecia ter sido confeccionado pelos melhores alquimistas com os mais nobres metais, sólido como as certezas de um jovem que acaba de sair da adolescência (vocês precisavam ter visto). Ela não se intimida. Resoluta, com uma pegada convicta, testa a minha convicção. Sinto que não se assusta. Aprova. Dava para notar que estava realmente decidida, seria "agora ou nunca". Então ela se deita, completamente entregue e solta e... nua diante dos meus olhos... e diz: "Vem, eu quero".

Eu era um mero aprendiz de alpinista àquela altura, e nunca havia trepado em nada que não fosse pedra. A vertigem é grande. Porém, do alto dos meus 15 anos, até que era um bocado audacioso. Então, me apresento. Claro que totalmente sem jeito, mas metido. Me animo todo diante da aventura de ser convocado a escalar aquela nudez macia e aconchegante. Lembro-me nitidamente daquele momento, de como foi gostoso me agarrar àquele monte de colágeno desejoso e firme como uma rocha.

Diante do abismo da inexperiência, me agarrei à intuição. Tentava me posicionar corretamente, do jeito que acreditava que seria mais confortável — para ela — e menos invasivo. Meu despreparo era quase um desespero, mas eu conseguia sentir que estava no lugar certo, na hora certa, e pronto para consumar... o ato.

Diga-se de passagem, eu me encontrava entusiasmado como nunca havia experimentado antes. Posso dizer que ela também: a respiração ofegante, a avidez em suas mãos buscando meus braços, o corpo que se prepara para viver o extraordinário. Então ela fecha os olhos, abre as pernas e, assim do nada, literalmente... congela.

Pânico! Eu não sabia como agir diante daquele quadro (se era pra fazer respiração boca a boca, pedir ajuda aos bombeiros). Estaquei. Com a firmeza de meu instrumento (imaginem só!) bem ali... diante do seu Monte de Vênus (que de uma hora pra outra tinha virado o Monte Everest). Intuitivamente aguardo, tendo a espada de um rei Arthur contra uma rocha de gelo.

Ela permanecia ali, desejosa e convicta... olhos cerrados, pernas abertas, imóvel, conjecturando, como quem espera o golpe derradeiro no altar de sacrifícios de uma tribo exótica no alto do Machu Picchu.

Hoje, lembrando-me da cena, parece engraçado, até parece filme (só não sei se drama ou comédia). Estava completamente aturdido com a situação. Mas como? Bem agora, que tudo ia tão bem? Logo ela! Aquele protótipo de menina que sabe o que quer. Aquele projeto de mulher que não olha pra trás... bem aqui, na minha frente, petrificada como a Mulher de Lot, como uma Maria Antonieta ansiando o carrasco liberar o fio da lâmina do inevitável das coisas. E não sei se foi excesso de sensibilidade de minha parte, mas passei a me sentir o próprio (o carrasco), desfilando a minha "ameaça" sobre a cabeça dela.

Resolvi aguardar algum sinal de vida daquela jovem que se transformara em estátua; algum movimento, por sutil que fosse, a me autorizar; algum convite no olhar (que seja!) a confirmar que a minha ousadia era bem-vinda. Vontade não faltava para ambos, mas era nítido que ela desejava muito, mas ainda não estava pronta. Presa à frieza de uma decisão, permanecia ali, de olhos fechados, à minha espera, à espera do "suplício". E se mantinha assim, congeladamente decidida, uma Branca de Neve (se fosse hoje, eu diria: a própria *Frozen*).

E juro, por tudo que há de mais sagrado (e de mais profano), eu queria muito. Muito mesmo. Mas eu já "era eu" naquela época. Apesar de muito jovem, eu já sabia ler nas entrelinhas, sabia ler que havia ali um genuíno desejo bancado pela anuência racional de um cérebro privilegiado (da melhor aluna — e a mais atrevida — da classe). Sim, havia vontade e consentimento por parte dela. Afinal, foi ela quem me convidara. A casa era dela. Ela estava nua, desejante e oferecida me esperando em forma de oferenda... congelada.

Apesar da minha pouca idade, eu não era tão bobo assim. Dava para perceber que ela não estava preparada para aquele momento. Eu não perguntei (uma pena), por isso não sei se era medo de engravidar, de perder a virgindade ou receio de dor que costuma ameaçar esse momento, mas a verdade é que ela estava apavorada e isso a deixava travada como um fecho de *soutien* que nunca fora aberto. Aquilo era um tremendo desafio, porque eu jamais iria querer abri-lo à força.

Eu já havia construído um conceito filosófico próprio (que me norteia até hoje): existe uma enorme diferença entre consentimento e com sentimento. Tinha estabelecido para mim um código de ética pessoal que me era importante. Intuitivamente (e contra todas as forças da natureza) eu sabia, eu sentia, eu intuía, que não seria correto me aproveitar da situação e forçar a barra. Por mais que meu desejo pulsasse a sagacidade do inevitável em minhas veias, eu não seria capaz de empurrar meu egoísmo para dentro de sua fragilidade, entrar em seu abrigo, invadir a sua intimidade, sem me sentir inteiramente convidado. Jamais (nem com todo o tesão do mundo) faria isso. O que fazer? Sim, fiquei com medo de agir errado, com medo de machucá-la, de penetrar a sua subjetividade sem que ela estivesse pronta. Fiquei com medo... e travei.

Por mais que estivesse pronto e autorizado, espetacularmente apto e disposto a provar da experiência de "minha primeira vez". Confesso aqui pra vocês: mesmo querendo tanto, acabei... broxando.

Eu já era um sujeito metido a engraçado naquela época, e diante da situação inusitada (e tentando desmanchar o embaraço) eu disse, na lata: "Desculpe, isso nunca aconteceu comigo antes" — e era a mais pura verdade.

#prontofalei.

A LISTA

Fui desafiado a escrever um texto em formato de lista, mas não tinha a menor ideia sobre o que escrever. Passo a rabiscar em um bloco de notas algumas ideias hipotéticas: *Cinco loucuras que me arrependo de não ter feito (ainda); Cinco desculpas esfarrapadas para sair à francesa de um grupo de WhatsApp.*

A brincadeira ia ficando mais apimentada: *Cinco novas posições a serem adicionadas ao Kama Sutra* — claro que, neste caso, eu precisaria adicionar um trabalho de pesquisa de campo (melhor não).

Nada me animava. Achei que esses temas traziam um cunho muito pessoal. Precisava de algo diferente, original, e que não tivesse nada a ver comigo. Estava quase desistindo, as associações de ideias destoando, a inspiração desafinando, o tempo atravessando... até que avisto, esquecida no canto da sala, a guitarra que usei outro dia mesmo para um desatino musical. Isso me leva a pensar na Sara, que desistiu, faz tempo, de me lembrar de que eu preciso aprender a guardar a guitarra (e abaixar a tábua da privada) depois do uso.

Eureca! já tenho um ótimo tema:

CINCO MOTIVOS PARA VOCÊ NÃO SE CASAR COM UM GUITARRISTA!

Motivo 1: (má) Fama

De acordo com as últimas pesquisas — com uma margem de erro de 2% para mais ou para menos —, o guitarrista é o músico mais admirado e assediado em qualquer banda, seguido (de longe) pelo baterista, depois pelo pianista e, por fim... pelo baixista.

Todo mundo sabe que, para ser um cara popular e atrair a atenção das meninas, basta aprender a tocar guitarra. Claro que nunca usei essa vantagem a meu favor (até porque sou um cara sério e sempre busquei relacionamentos duradouros em minhas aventuras), mas é fato comprovado: ao fim do show, o guitarrista se vê cercado por um enxame de mulheres desvairadas como abelhas em torno de um pote de mel. Não tem pra ninguém: ganha todas — logo no primeiro turno (ou melhor, no primeiro *set*).

Pesquisei a respeito. Há quem afirme que os fabricantes usam algum extrato feito de feromônios que é adicionado à pintura e às cordas da guitarra; com a vibração, uma pequena porção se desprende do instrumento e toma conta do ambiente, se alastrando em direção às fêmeas e provocando um estado de hipnótica sedução.

Conselho: se o seu guitarrista não for um cara sério, dedicado e de temperamento comedido (como eu), você vai pirar, você vai sofrer, você vai enlouquecer, você vai morrer de ciúmes a cada show; você vai querer mostrar as suas garras para assegurar a sua posição de abelha rainha e mandar a concorrência às favas.

Motivo 2: Paixão

Todo guitarrista é irremediavelmente apaixonado por seu instrumento. E costuma passar horas a fio eletrizado, tendo aquele corpo lânguido no meio das pernas, os dedos hábeis subindo e descendo pelo braço — enquanto você passa horas a fio *unplugged* chupando dedo.

Pior é quando você, ao convocar uma DR, procura "aquela frase de efeito" e se dá conta de que ele se encontra em um lugar distante, repetindo aquelas mesmas frases e *riffs* de sempre com aquela *lambisgoia*.

Motivo 3: Poliamor

Este é um fenômeno realmente incompreensível, a ser estudado pela NASA. Todo guitarrista que se preza não se contenta apenas com uma paixão — necessita de um harém, e vai gastar todo dinheiro que (não) tem para conquistar a guitarra dos sonhos, e é sonho que não acaba mais (nem Freud explica).

Não se iluda. Ele vai se encantar com diferentes modelos. Das mais roliças e cheinhas, até as de corpo mais firme e sólido; e vai passar os dias enfeitiçado, avaliando o shape, a tensão, vai babar com o timbre, a vibração, elogiar o *sustain*, a cada nova paixão. Sem falar dos apetrechos que ele vai querer incorporar à queridinha da vez para realçar suas qualidades — como se cada guitarra fosse uma Barbie.

As pessoas brincam da obsessão das mulheres por sapatos. Case-se com um guitarrista para ver a coleção de guitarras que ele vai espalhar pelos cantos da casa.

Motivo 4: Guitar face

Ninguém consegue explicar por que guitarristas costumam fazer aquelas caras engraçadas enquanto tocam. Muitos parecem estar tendo orgasmos múltiplos durante um solo, como na famosa cena do filme *When Harry Met Sally*.

Após anos de observação (vendo a minha própria cara em fotos e vídeos), acabei desenvolvendo uma teoria bastante convincente. Existe uma forte conexão do cérebro com as mãos, especialmente quando desejamos externar alguma emoção (por isso tantas pessoas gesticulam enquanto falam). Ao se expressar musicalmente, o guitarrista coloca todo seu foco nas mãos. Com isso, seu cérebro acaba fazendo o percurso inverso, e o guitarrista passa a gesticular com o rosto.

Claro que vai ser difícil explicar a teoria para seus pais durante o show do seu escolhido. Melhor dizer "não reparem", fingir que está acostumada, que está tudo sob controle, que ele é um sujeito bem normal, e que isso que eles estão vendo só pode ser efeito colateral de algum remédio de uso controlado.

Motivo 5: Humildade

Até que eu estava me saindo bem, quando empaquei. Não conseguia mais pensar em nada que pudesse ser usado para concluir meu desafio. A Sara passa por mim. Falo com ela do meu projeto. Digo que me falta um último assunto para finalizar minha lista de cinco motivos. Peço, com a maior humildade: "Quem sabe você pode me ajudar com alguma ideia?"

Ela responde, na bucha: "Coloca aí: a mulher que se casar com um guitarrista precisa saber que vai ser pobre para o resto da vida!"

Agradeci. Disfarcei. E fui correndo guardar a guitarra (e verificar se abaixei a tábua da privada).

DESEJO

As portas se abrem e a escuridão penetra a aeronave. O piloto aciona o alerta que nos faz levantar. Duas fileiras de ansiedade caminham em direção ao breu. A luz muda de tom — de vermelho para verde. Fomos treinados para isso. Um a um, os soldados somem ao transpor a abertura. As correias que acionam os paraquedas vão se juntando como cordões umbilicais pendurados. À velocidade em que estamos, todas as estrelas parecem cadentes. Faço um desejo. E salto.

No meio da noite, durante a queda, o silêncio me envolve enquanto conto os segundos. E é como contar os compassos que antecedem um acorde. Abraço o saco que contém o equipamento pessoal: fuzil, pentes de munição, cantil, granadas. Então, o tranco. O paraquedas abre, freando o tempo. E é como... nascer.

Não há lua nessa noite, sobre o deserto do Sinai.

Levado pelos humores do vento, preciso identificar o ponto de encontro, enquanto o chão — que eu não vejo — se aproxima sob meus pés. Hora de soltar a carga, de cerca de 30 quilos, que agora balança pendurada em uma corda de 2 metros amarrada à minha cintura, como uma âncora. É isso que vai evitar quebrar uma perna. Quando o saco toca o chão, o peso afrouxa. É o sinal. Hora de executar a manobra ensaiada: um rolamento em três etapas que atenua o impacto.

Levanto-me. No meio do deserto tudo é noite. Dobro e recolho o paraquedas que me ninou como uma cegonha até esse ponto. Tiro do bolso da calça uma guloseima de chocolate (é uma tradição pessoal, uma simpatia) e faço um brinde a mim mesmo. Visto o armamento. Junto-me ao meu pelotão. E seguimos.

As estrelas recuperam seu dom e vão nos guiar ao longo da missão. Somos menos de cem homens preparados para o que precisa ser feito. Devemos chegar ao lugar estratégico no alto da colina, abrindo caminho para os tanques e o restante da tropa, antes que o sol a ilumine. Temos à frente horas de caminhada. Seguimos por entre as pedras de um rio que só verá algum resquício de água daqui a sete meses.

Três anos se passaram desde a *Guerra do Yom Kippur,* quando o Egito quase conseguiu tomar de volta essas terras por onde nossos antepassados vagaram durante 40 anos. Penso nisso, enquanto procuro abafar o som de cada pisada.

Há uma aldeia árabe instalada no sopé da montanha. Precisamos tomá-la para evitar emboscadas. Balas traçantes permitem acertar o alvo à noite. Escaramuças, corre-corre, gritos, granadas, feridos. Ao nascer do dia, o alto do morro é nosso. Os tanques chegam. Ajudamos a proteger os engenheiros e seus tratores que constroem posições e trincheiras. A areia escurece enquanto o sol se esvai. Revezamo-nos, em grupos de quatro, para carregar os feridos em macas por 50 quilômetros, até o ponto determinado em que seremos resgatados por helicópteros. Amanhã é *Shabat,* dia do descanso.

Na barraca, já de banho tomado, uso uma agulha para furar as bolhas nos pés, que me torturam. Esvaziadas do líquido, caminhar torna-se um alívio. Os generais comemoram o sucesso do exercício simulado de três dias.

Estamos há um mês sem ir para casa. Dormir é um luxo. Hoje tivemos permissão para receber visitas. Meu *kibutz* organizou uma van. Abraços, bolos, refrigerantes. Tento aproveitar cada minuto.

Ela veio. De mãos dadas, resolvo mostrar-lhe a beleza do deserto que envolve nosso acampamento. Treinado a me camuflar por entre arbustos, sulcos, fendas, conseguimos nos desvencilhar do olhar de todos — e das roupas.

Ao cair da tarde, um desejo é realizado.

OS ANJOS

Passei a acreditar em anjos depois de assistir a *Asas do desejo*, do cineasta Wim Wenders, lançado em 1987. Não que eu não houvesse experimentado a presença deles até então, mas o filme me mostrou, de forma tangível, o que são e como agem.

Invisíveis, perambulam ao acaso pelas cidades, observando em silêncio as idas e vindas dos mortais. São capazes de escutar seus pensamentos, angústias, devaneios, anseios e desejos. Não podem mudar a rotação do planeta, o curso da história. No entanto, enfiados em seus capotes, possuem o dom de se infiltrar entre os passantes, ouvidos atentos, em meio ao burburinho desse teatro de marionetes a desfilar pelas calçadas resignados enredos, como se fossem as ruas linhas do destino delineadas na palma da mão. E, quando lhes ocorre — talvez por pura diversão —, costumam mexer seus pauzinhos, embaralhando as cordas, promovendo improváveis encontros que podem mudar o rumo das coisas, tornando mais travessa e fascinante a vida dos afortunados que tiverem a chance de ser harpejados por eles.

Não sei quantos de vocês já experimentaram essa sensação de ser tocado de leve por uma perturbação desconhecida, não palpável; uma presença diáfana, perceptível apenas pela intuição. Eu já. Mas nunca havia experimentado ocorrências tão concentradas em minha linha do tempo como as que vivi nos dois anos que antecederam o lançamento da película.

Aeroporto de Los Angeles, agosto de 1985. A realidade aterrissa subitamente na minha frente — e é apavorante. Pela primeira vez, em meus 30 anos, me percebo completamente sozinho; não conto com ninguém para me buscar; emperro, cada vez que tento formular uma frase completa em inglês; na carteira somente alguns trocados; nem ao menos tenho um lugar definido para ficar.

A decisão de estudar música nos Estados Unidos fora toda minha. E agora? Como faço para engolir o choro? (isso se aprende na infância). Não convém demonstrar fraqueza diante da rigidez da imigração, tendo apenas um visto de estudante para ostentar (guardo até hoje o som daquele carimbo). Liberado, sigo ruminando o mote: Tá com medo? Agora aguenta! Busco me consolar: sem amigos, sem família, considerando que aqui ninguém me conhece, posso despir-me tranquilamente de meu passado na frente de todo mundo, eu posso ser qualquer coisa, eu posso ser... quem eu quiser.

Aí é que entram os anjos.

Não fossem eles, eu não teria conhecido o Oswaldo, com quem tive aulas de guitarra, que me incentivou a me candidatar para o *Musicians Institute,* da Califórnia. Sem a ajuda dessas criaturas, certamente, meu tio Oscar jamais saberia da tal rede de fraternidade criada ao fim da Segunda Guerra que oferecia abrigo para viajantes (uma espécie de Airbnb da boa vontade, 0800). Sem eles, eu jamais insistiria em escrever tantas cartas até receber um único retorno, às vésperas da viagem, e logo da Marianne, uma atriz que morava em Hollywood — a duas quadras de onde eu estudaria. Sem a interferência deles, eu não arriscaria aqueles preciosos 25 *cents* em um telefone público para escutar, desesperado, que ela estaria o dia inteiro no *set* de filmagem e que sentia muito por não poder me receber, mas... (e foi graças aos anjos, só pode!) — antes de cair a ficha — Marianne me diz que estava deixando a chave sob o vaso de flores ao lado da porta, que eu podia entrar e me acomodar no quarto que servia de biblioteca. Sinto o aroma da madeira, mesclado ao perfume dos livros, só de escrever estas linhas. Foi o meu primeiro porto. Ali atraquei meu barco, por uma semana, enquanto explorava as cercanias em busca de moradia.

Mas nada me empolgava. Todos os anúncios levavam a péssimas opções (ou a opções inviáveis de pagar). Eu já estava quase aceitando ir morar com uns roqueiros cabeludos que, além de fazer barulho e fumar maconha o dia inteiro, ocupavam uma espelunca em um antigo motel convertido em prédio de apartamentos que mais parecia cenário de filme do Tarantino.

Quem, se não um anjo, me faria esbarrar, nos corredores da escola, com o Enzo e a Julie, músicos recém-formados que tinham se mudado para uma acolhedora casinha em uma vizinhança aprazível, e estavam à procura de um *roomate* para ocupar um dos quartos e dividir as despesas? Deu *match*. E a partir desse encontro pude vivenciar dois dos melhores anos de minha vida.

Eu ainda precisava arrumar um jeito honesto de ganhar algum dinheiro para me manter. Dizem que nada é por acaso. Tenho como certo que foi o sopro de alguma alma luminosa que instigou o Oswaldo a me apresentar ao Laudir de Oliveira — um dos melhores percussionistas de LA —, que me convidou para ser o arranjador e diretor musical de sua banda *Brazilian Secrets*. Eu via o acaso se transformar em sonho: frequentava as aulas nos dias úteis e tinha a oportunidade de tocar, nos fins de semana, com alguns dos melhores músicos da Califórnia, ganhando o suficiente para pagar as minhas contas.

Assim que me formei, o mais razoável e certo a fazer seria regressar ao Brasil. Qual o que! Alguém lá em cima acendeu um holofote sobre mim, e fui tomado por um desejo incandescente de cruzar os Estados Unidos *coast to coast* — de carro — para conhecer as belezas naturais do país. Mas havia um detalhe: eu não tinha carro, muito menos condi$ões de fazer uma aventura dessa natureza sozinho. Foi aí que um anjo destes mais astutos chega por trás e me faz tropeçar casualmente com a Liz, uma pianista canadense que voltava para casa e estava justamente à procura de alguém para dividir a direção até as cercanias de Nova York — onde ainda tive a sorte de topar com o Carlinhos e a Judith, que me acolheram por um mês.

Regressei para a Califórnia. Empacotei minhas coisas. Liberei meu quarto, e combinei de ficar uns dias na casa de amigos, até comprar a passagem de volta. Acontece que eu estava determinado a montar uma escola de música assim que chegasse ao Brasil. Dessa vez, não precisei de nenhum anjo para ajuizar que tal empreendimento exigiria capital inicial e deduzir que, se fosse para trabalhar por dinheiro... que fosse em dólares.

Meu arranjo passa a soar dissonante. Para dar certo, eu precisaria encontrar uma oportunidade com a qual eu pudesse amealhar recursos e incluísse moradia. Parei para pensar e concluí que só me restavam duas opções: encontrar alguém querendo casar, ou alguém querendo caseiro.

Escutaram as minhas preces: sob as asas de uma agência de empregos, fui indicado para uma entrevista com a Gail, uma ricaça de meia-idade, divorciada, à procura de um misto de mordomo, motorista e faz-tudo para atendê-la em sua mansão no luxuoso bairro de Bel Air. Fui sincero, falei do meu sonho, expus o meu projeto, e informei que provavelmente seria apenas por uns meses. Ela concordou (talvez por piedade) e acabou me contratando.

Estava me saindo muito bem. Em dois meses consegui juntar um bom montante. Acostumado a me sentir pobre, sem futuro e sem teto, não havia mais do que reclamar. Minha acomodação dentro da propriedade era um luxo, sem falar nos carros que eu dirigia: Jaguar, Mercedes, Corvette. Era como se estivesse no paraíso (*all inclusive*) tocando para os anjos (sem nem precisar tocar). Passei a gostar da situação. E isso me divide. Quem sabe fico mais um tempo, até fazer um bom pé-de-meia? Sucumbia aos meus pensamentos. Dava para notar, era cristalino: eu via meu sonho se dissipando no Sonho Americano.

"Posso ser o que eu quiser!" (não foi assim que pensei, ao desembarcar aqui?)

Só então me dou conta de que permanecera fiel à minha essência e aos meus princípios durante todo esse tempo. Ficava claro (para mim) que o conceito de *livre arbítrio* não é uma espécie de salvo-conduto inventado por quem habita o andar de cima, liberando a gente pra fazer tudo o que quiser. Ao contrário, torna-se uma prática diária (como arpejos e escalas), até que se adquire o dom de ser livre para arbitrar — fazer escolhas.

Para que mesmo servem os anjos? Eu já havia atingido a minha meta. Era hora de partir.

De volta ao Rio, em poucos meses, inaugurava a Musiarte, em sociedade com dois amigos, Isidoro e Staneck. A escola fez muito sucesso, formou muitos músicos de talento, e virou referência nos anos 1990.

Sei que esta história mais parece um conto de fadas (ou de anjos). Mas juro que foi bem assim (e olha que não contei nem a metade).

Pode parecer ridículo um sujeito cético como eu vir aqui falar de anjos. Mas aquele filme mexeu comigo. Sabe por quê? Por apresentar a ideia de que os anjos, na verdade, nutrem uma tremenda inveja de nós, reles mortais. Inveja de nossa fragilidade, de nossas incertezas, de nossa inscrição no tempo, de sentir o sabor de um beijo, o calor do desejo, o sentido de urgência, o poder transformador do amor. Olhando assim, a imortalidade dos anjos passa a ser uma história repetida e sem graça, um eterno presente, um cárcere perpétuo, uma morte não vivida, um tédio infernal.

ADAMÁ

Estávamos prestes a aterrissar. O *Jerusalem Post* adormecido na poltrona ao lado exibia a manchete: **"Violento terremoto no Japão, seguido de tsunami; milhares de mortos e desaparecidos — 11 de março de 2011"**. Desembarcamos por um acesso especial. Nossa equipe se reúne com as autoridades locais para um *briefing* da situação. Havia muito a fazer.

"Ani ohev otach", ele sussurrou, quando nos despedimos no aeroporto, poucos dias após o resgate. Ele voltava para seu país. Não mais nos veríamos. Protegido pelo vidro da sala de embarque e da certeza de que eu não entenderia, repetiu: *"Ani ohev otach"*. Mantra ou reza? Lembro-me daqueles lábios esculpindo a caligrafia do que me recitava em letras que eu não saberia ler. Mas consegui solfejar o que vinha escrito em seus olhos — de um tom que os meus não conheceram igual.

Por que será que não consigo deixar de pensar nela? Logo eu, que sempre recusei pronunciar um eu-te-amo, tão clichê, tão banal. Eu não! Nem para minha esposa, nem para meus dois filhos. Bobagem. Deixei a farda para seguir carreira acadêmica, gozar da vida na universidade, orientando jovens em suas pretensões a gênios da física, e nos laboratórios, analisando o comportamento imprevisível de átomos instáveis — o que é praticamente a mesma coisa. Mas, assim que vi o noticiário ser inundado pelas cenas do mar varrendo tudo em volta, a água salgada atingindo o reator de Fukushima — que ameaçava explodir —, me apresentei como voluntário. A missão precisava de mim. Quanta ironia! Disposto a encarar a força destruidora de um terremoto, acabei topando com a magnitude de um amor tectônico.

Por qual motivo fui ter com ele? Lembro-me do momento exato em que, aninhada, finalmente consenti entregar-me ao seu abraço. Com que astúcia de movimento dissimulado, encantado, o botão do meu jeans se permitiu abrir? Em seu domínio, afinava meu atrevimento. Em seu ombro, meu assombro a percutir espasmos. Orquestrei controlar o andamento ao perceber-me perdida em um a tempo que eu queria *ralentando*... antes de desaguar, em uníssono, naquele vibrato: imensurável, único, assustador.

Mas então... radiação é isso? Preciso encontrar um jeito de livrar-me das partículas de lembranças dissolvidas na espuma que troça com as pegadas que deixo na areia em minhas caminhadas matinais. Chego a sentir raiva ao me perceber assim, contaminado, tendo estado com ela tão pouco. É verão, mas uma névoa agasalha a amendoeira no guache que trouxe da viagem, enquanto o CD insiste em reprisar o perfume da presença dela — solista deste concerto — derramando melancolia em minha sala, fazendo-me reviver o susto de encontrá-la em meio à lama, presa sob os destroços, agarrada àquela mão que logo entendi não ser de gente: esculpida, curva, adornada com as quatro cravelhas intactas do violoncelo esmagado, que ela recusava largar. Eu havia me afastado um pouco do nosso grupo para fazer as últimas medições do dia. Aproveitava para avaliar o que restara daquele bairro depois da grande onda. Eu estava em ruínas, e convencê-la a abandonar o instrumento foi como amputar seu braço.

Aquele sujeito não parava de falar quando me avistou, atônita e praticamente soterrada. Eu distraía minha angústia tentando traduzir seus gestos e gritos ao telefone, palavras em um idioma áspero que me soavam pontudas, como a estrela trançada que trazia bordada em seu uniforme. As montanhas à minha volta, um tanto resignadas, cumpriam receber o roçar de mais um anoitecer, enquanto eu aceitava o que me dizia com os olhos. Entregue e frouxa, soltei-me, sem perceber, em seus braços. Dias mais tarde, aquele tremor. Queria ainda me soltar como daquela vez, e sempre que me falar assim, com estes olhos.

O que a salvou foi o branco reluzente do seu rosto em meio à noite que ainda não era, mas quase. O sol deita-se no mar de quem habita o outro lado. Mas, de onde estamos, recolhe-se nas montanhas. Nômade, indica minha posição nessa enorme ilha. Um sol que pode escolher o lado da cama. O odor dessa tragédia não é diferente do que conheci em minhas duas guerras. Porém, como tudo aqui, chega mesclado de algas e maresia. Um sol imenso que estampa as bandeiras tremulantes anoitecendo à minha volta, e a pele dela tão — providencialmente — branca. Tudo é mar neste país, uma grande massa de terra recusando afundar.

Yohav (AB+) é tudo que sei dele. Foi o que meu desespero conseguiu captar, na etiqueta aplicada sobre o bolso de sua camisa. Precisava agarrar-me a algo que fizesse sentido em meio ao caos. Sei, também, que me salvou. E que olhava para minha timidez como se eu fosse uma nota pedindo para ser tocada. Me encantei com sua voz, mesmo sem entender uma palavra do que dizia. Vinha no timbre certo, com a qualidade de um Mi Bemol em minha segunda corda, aquele meio tom abaixo, cuja chegada costumo adiar ao máximo, para depois enfatizar em *legatto*. Prorrogar o soar de uma nota além do que me permite o compasso para que se aposse de sua vocação e venha provocar o arrepio no corpo construído para vibrar. Então, senti-lo reverberar primeiro em minha coxa esquerda, depois em ambas — meus pequenos segredos.

Aquele nosso segundo encontro ainda me fascina. Missão cumprida, já no hotel, às vésperas de voltar para casa, para a família, para o familiar... o pensamento nela. Resolvi adiar os relatórios para iniciá-los a bordo. A campainha (àquela hora?) destoava. Não esperava ninguém. E nem adivinhava (quem?). Uma ponta de inquietude fazia o papel de narrador do meu desejo. Podia fingir para mim mesmo que não estava, ou que adormecera embrulhado em meu cansaço tentando apagar tudo que vivi naqueles dias. Mas o olho mágico da porta me provocava como um controle remoto de TV que teima em aparecer ao lado do insone.

Eu me humilhava com a ousadia de ir até ele para agradecer. Aguardava com receio que atendesse. Por um instante, pensei preferir que não estivesse, ou adormecera. No entanto, marcava com o pé o tempo do compasso, ansiando ver modular o tom daquele olho mágico que se mantinha em suspense como uma *fermata*. Ensejei ir embora. Sofri, naqueles segundos de incerteza que costumam emoldurar o inevitável. Uma parte de mim insistia, recusando um destino mal desenhado. Juro que podia escutar a vontade dele escorrendo pelo carpete em direção à porta. Ao mesmo tempo, já me via aceitando a frustração tomando conta na surdina cautelosa dos meus passos em direção ao elevador, quando uma vertical em meia-luz aqueceu a cor do papel de parede do corredor, revelando minha presença. Apenas uma fresta, da largura não mais que um braço, era tudo que o preservava da minha impertinência. A porta agora se abria por inteiro, encerrando as minhas incertezas. E o improvável se tornava refém de nós dois.

Naquele momento, saber que ela não entenderia nada do que eu pudesse dizer — por mais tolo ou adequado que fosse — produzia um alívio que eu diluía no silêncio. A fronteira entre o que eu intuía e o que ela pressentia era demarcada apenas pela frequência da iluminação que dividia os ambientes. Sem perceber, fusionando nossas diferenças, entrou. E a porta se fechava obediente a tudo que precisava acontecer em instantes.

Sobrevivi: ao terremoto e à despedida. Voltei a tocar para grandes plateias. Melhor até do que antes. Nunca mais o vi. Decidi que seria bom esquecer-me de vez do Yohav. Estava convencida de que seria mais prático como sair para comprar um novo jogo de cordas. Resolvi e pronto! Da *coda* ao fim — sem repetições.

No aeroporto, já de partida, optei por comer algo leve antes de embarcar. As informações sobre o caos reverberavam, mudas, nos monitores gigantes pendurados nas paredes. Nunca fui muito fã de sopa, mas a que me era servida na tela aprisionava minha atenção: a imagem congelada de uma mescla de água e lama, densa como missô. Um refogado inusitado em que se percebiam amalgamados os quatro elementos, em forma de carros, barcos, aviões e coisas incendiadas. No canto inferior direito, o mapa do país em meio ao caldo. Infográficos em cores berrantes ampliavam a dimensão do que eu presenciara somente um pouco. Lembro que havia alguma coisa escrita em ideogramas que eu não saberia ler, nem precisava. Lembro, também, que desejei ter a habilidade das pessoas comendo nas mesas ao lado, dominar a elegância no manuseio de dois pauzinhos, para poder pescar da tela aquele país afogado, e colocá-lo a salvo em meu prato.

Não sofro mais. Só eu sei que meus melhores concertos não foram gravados. Só eu os tenho comigo, figurinos de minha alma. Só eu ordeno que voltem, meus melhores concertos, quando quero, quando é preciso — meus pequenos segredos.

Àmada: deve ser seu nome. Assim se apresentou, quando a embarcamos na ambulância. Nome ou sobrenome? Teria algum significado? Um livro me faz companhia, parece entender meus pensamentos. Eu sempre soube que ler trazia alguma forma de perigo, como conhecer alguém. O comandante avisa que é hora de recolher as bandejas e afivelar os cintos. É bom voltar para casa, onde quase todos os nomes têm algum significado. Não gosto do nome que me deram, *Yohav*: um verbo conjugado a soar uma sentença, como uma carta escolhida do tarô: "o-que-será-amado". Logo eu!

Preciso me habituar ao porte deste novo corpo contra as minhas costas; sinto-o em meus ombros; deixo que se ajuste ao meu contorno, que se acostume e se afirme; deixo que se acomode no balanço e na cadência dos meus movimentos, ainda protegido em seu estojo, entretanto, à mercê de minhas mãos livres; sei que vou moldar-me à sua forma, e ele à minha; é só questão de tempo; faço-o confiante e calmo nestes hiatos; faço com que se sinta convidado e se entusiasme, mas não me machuque; sinto poder domá-lo, se ele tiver paciência; meu ânimo volta, meus dedos ansiosos abrem a embalagem, um envelope de cada vez; gosto do cheiro de metal prestes a provar que é aço, a provocar a madeira que convoca, que deseja ser testada; gosto de avaliar o formato e a textura do seu braço, de como responde ao meu toque; gosto de conduzir, para que tudo se acomode na margem certa; é importante encaixar do jeito que eu gosto, e é do meu jeito; sei que a primeira amarra é fundamental para manter a afinação; há espanto e espera, e falta pouco; ainda maleável, um ranger interno preconiza a rigidez da corda esticando ao meu controle, ganhando volume e vontade, produzindo um *glissando* contínuo e crescente — meus gemidos, meus *comas*; mais uma volta... às vezes passa do ponto e afrouxo, deixo que respire, deixo que alcance a tensão correta e necessária até o ponto de não retorno — e então se esgote.

Lá fora é noite. As moléculas do ar que nos sustenta devem ser sonâmbulas. Refletido no vidro da janela, meu relógio parece girar no sentido anti-horário, como querendo adiar a contagem regressiva. Aproveito para passar o tempo me divertindo a decifrar meus rascunhos lidos pelo avesso. Flutuando, prestes a tocar o solo, os últimos acontecimentos passam em modo reverso. Todos a bordo ainda dormem. Então, a revelação! No reflexo da janela, o inverso do nome dela... *adamá*. É incrível, porque, em meu idioma, isso ganha significado: terra, chão. A imagem se apaga quando as luzes da cabine acendem. Absorto com a epifania, o tranco dos pneus não me abala. Temos um país tão pequeno que, se o piloto não pisar com vontade nos freios, desembarco no Egito. O chão daqui nunca treme, apenas ocasionalmente, quando caem as bombas, ou quando os aviões de caça fazem um rasante. Os passageiros se animam, alguns batem palmas, todos se levantam ao mesmo tempo. Os compartimentos de bagagem se esvaziam rapidamente. A ansiedade toma conta do ambiente, fazendo o espaço da cabine parecer ainda menor. Eu me demoro. Custo a aterrissar. O corpo dela tremia tanto, e eu com ela, nós dois. No desembarque, a minha mala dá mais uma volta solitária, na esteira que range.

Eu sabia que nunca mais iria vê-lo. Aceitei, resignada. Já se passaram três anos. Já quase posso afirmar: foi apenas um episódio mágico e efêmero como um eclipse, como um ensaio bom. Já quase posso afirmar!

Foi um encontro improvável, desses que não se repetem. Ela deve ter esquecido e refeito a sua vida. Já se passaram três anos. Já quase posso acreditar: que aquele acontecimento foi apenas uma falha geológica do destino e precisava ter se encerrado ali; a vida às vezes parece um seriado cheio de imprevistos e guinadas. Já quase posso acreditar!

Sonhava, desde menina, conhecer o país onde meus avós aportaram como imigrantes. Sonhava pisar nos campos onde plantaram saudade. Sonhava visitar a cidade grande onde meus pais nasceram, cresceram, estudaram juntos e se casaram para então decidir fazer o caminho inverso, retornando à terra de nossos ancestrais. Me vejo agora aqui neste barzinho, rodeada de gente bonita e animada. Ainda incrédula, examino mais uma vez o ingresso para a partida da final da Copa do Mundo 2014 que trago em minha bolsa. Será divertido assistir ao jogo aqui, no país do futebol, que privilégio. Observo meu passaporte. Interessante percorrer a minha vida ali carimbada. Às vezes preciso soletrar meu nome para que entendam: À-m-a-d-a. Mas sinto orgulho quando me é dado explicar que foi escolhido em homenagem a um escritor importante de um lugar chamado Bahia. É curioso estar aqui, onde tudo é farto. Onde a terra fértil e não domada germina a matéria-prima de meus instrumentos. Onde sempre é quente. Onde o mar cabe em sua loucura. Onde não há pudor na alegria. Onde se ri dos infortúnios. Onde há desordem no progresso. Onde o que sempre sonhei agora... não é sonho.

"Cai-pirrínia, cai-pirróska, tanto faz", digo para o garçom. Depois emendo: "qualquer uma cai bem!", tentando ser amável e engraçado, arranhando fragmentos do idioma que aprendi com meus orientandos de doutorado. O gelo ameniza o azedo com açúcar em meu copo, enquanto o tecido da minha calça parece me repreender novamente ao perceber que estou com meus pensamentos nela. Amanhã cedo vou visitar a Usina de Angra dos Reis. Que droga! Vou perder a final da Copa do Mundo. Estarei ocupado, medindo ocorrências que jamais serão divulgadas. Incrível como algumas coisas elegem o momento deceptivo e certeiro para te importunar! Já estou acostumado. E sou bem pago por isso.

Chora um grupo de chorinho no palco mínimo. Chora um choro alegre, articulado. Adoro a música solta e pulsante desta terra. Sou tomada por uma certa angústia. Não deveria ter aceitado o convite dos amigos para esta farra. Preciso praticar o dueto que vou apresentar amanhã, antes do jogo. Tenho pouco tempo para me preparar. Não posso me permitir dormir tarde esta noite.

Tendo como companhia somente um copo, em meio a tanta gente, é mais fácil divagar. Só não contava com este delírio: no vão entre as mesas, bem próximo ao palco, a alvura de uma face emoldurada por fios lisos e negros brilha como uma lua crescente diante dos meus olhos, fazendo despertar antigas miragens. A conversa ali parece animada. O grupo de jovens amigos, rindo e brincando, não consegue eclipsar aquela boniteza resplandecente que se destaca realçada por uma camiseta de seda preta, de alcinha.

É difícil despedir-me deste lugar, e de todos. Mas já passa da hora. Preciso voltar ao hotel. Amanhã, meu recital. Depois o jogo tão aguardado. Então, voltar para casa. Estarei a um dia de distância de tudo o que estiver acontecendo aqui. Ao chegar, se não corrigir o relógio, será como se fosse ontem. Pudesse eu vir com mais frequência, voltava no tempo. Queria mesmo poder voltar no tempo, para aquele dia.

A lua que me confunde agora se levanta. Segue em direção à saída, atraindo a atenção de alguns. Caminha decidida e meiga enquanto, de onde estou, examino sua geografia. Não consigo ver seus traços. Não fosse a penumbra, não fossem outras saias e pernas que me encantam, não fosse minha mente destilada, podia jurar que...

Sentia-me incomodada com os olhares de cobiça e interesse que me escoltavam em minha rota de ir-me dali. Não queria ser percebida, não me considerava estrangeira ou merecedora de atenção naquele lugar. Ignorava-os todos, fingindo não notar que era notada. Precisava apenas sair para estar de novo comigo mesma e com meus compromissos. No entanto, um olhar que eu não via tocou o músculo que rege minha escápula direita, o mesmo que utilizo para domar os caprichos do meu arco. E ali, pousado de não peso, borboleta transparente de tão leve, roubou um pouco do ar que eu já não tinha. Eu sabia, num instante, antes mesmo de saber, e ainda de costas, de que ilha me fitava, de onde partia sua mirada voando ao meu encontro, buscando a mesma dose de certeza de algo que eu, ardentemente, ensaiara por tantos anos esquecer.

MAGNETISMO E RESSONÂNCIAS

"Nenhum som teme o silêncio que o extingue."
(John Cage)

Obediente, deitado de costas, olhos cerrados (ouvidos atentos) dentro da extraordinária geringonça, precisei dar meus pulos para permanecer imóvel durante os intermináveis minutos do exame. Ocupava meu tempo e minha agonia no interior daquela esquisitice, pensando: "Se eu conseguir sair desta ileso e funcional, ainda hei de escrever uma crônica".

Voltei para casa disposto a cumprir a promessa. Mas a única coisa que reverberava em mim da experiência desse raio de mundo era uma coleção de ruídos desconexos e sem sentido. Eu bem poderia desfilar aqui uma interminável série de desatinadas e dissonantes onomatopeias. Mas não seria uma rima, nem uma solução.

Resolvi perguntar a meu filho — que é cientista — como funciona esta tal de ressonância magnética. A matéria é tão complicada que eu me vi preferindo voltar para a máquina — ou para as onomatopeias.

Pelo que consegui alcançar, um campo magnético força os prótons presentes nas moléculas do nosso corpo a se alinharem — como um séquito de seguidores atraídos pelo magnetismo de uma celebridade qualquer em uma postagem efêmera no Instagram — enquanto uma corrente de radiofrequência é pulsada através do paciente (e bota paciente nisso!) aprisionado; sensores acoplados a um computador são capazes de detectar a energia liberada durante o insólito frenesi e compor uma imagem da região examinada.

Fiz cara de que entendi, e fiquei matutando sobre as moléculas de água dos oceanos sendo seduzidas pela luz do luar tendo alguém, na maré do processo, fotografando a aura e os humores do mar.

Mais fácil trazer o conceito de ressonância para um lugar que conheço: a música, matéria invisível constituída de uma trama em que diferentes frequências pulsantes se mesclam e se interpenetram.

Ressonância, além de ser uma palavra bonita, é uma qualidade física da matéria: um corpo que passa a vibrar, por empatia, pela vibração de outro corpo.

Reagimos ao reconhecer o ritmo que rege o universo: as fases da Lua, que se alteram a cada sete dias... definindo a semana... estabelecendo a primeira noção de mês; o ciclo da fertilidade feminina; as estações do ano... a repercutir primaveras e invernos de nossa existência.

Da mesma forma, estabelecemos nossa relação com o universo sonoro sempre que detectamos um pulsar ritmado e constante a evocar emoções.

O bater de um tambor proporciona um pulso rítmico previsível e instigante. Percebemos esse padrão saltitante entre os silêncios como recortes do tempo, e isso gera interesse e encantamento. Na paixão entre os hiatos, palpita o desejo do que se advinha e se cobiça — como o amor.

Assim avança a humanidade: "Caminhando e cantando e seguindo a canção". Não à toa, o "pulso" das músicas é denominado *andamento*, e costuma ser informado no início de uma partitura, nos gestos iniciais do maestro, ou pelas baquetas do baterista em um show de rock.

É interessante lembrar que, na música, a velocidade média de cruzeiro é conhecida como *andante* (de 75 a 100 batimentos por minuto) — o que corresponde ao batimento do coração de uma pessoa caminhando de bom humor, apaixonada e leve (não se preocupem, prometo conduzir o restante deste texto em *Allegro ma non tropo*).

Quando uma frequência rítmica é tocada por algum instrumento capaz de acelerá-la para uma pulsação regular e constante, ela se transforma em nota musical — e o efeito é magnetizante.

Um exemplo: a quinta corda solta de um violão, tirada de seu repouso, usa sua vocação para vibrar a uma frequência contínua de 440 vibrações por segundo para produzir um LÁ; a madeira do violão, por sua vez, se assanha, passando a vibrar na mesma frequência, expandindo o ar à sua volta, que também vibra em sintonia... no mesmo tom; aí aparecem os "harmônicos", uma espécie de espírito que envolve cada som pulsante, gerando como subproduto as quintas, terças e outras subnotas (quase inaudíveis), que produzem um arco-íris sonoro, conferindo à nota timbre; o tímpano captura essa saliência toda e entra na dança vibrando junto e fazendo a alma da gente balançar.

Os sons mais graves (e lentos) estão associados ao peso da matéria, a algo mais pé no chão, mais preso à terra, pela lei da gravidade; já os sons agudos (mais lépidos e ligeiros) estão associados à leveza do ar.

Harmonia é um estágio mais sofisticado do fenômeno da ressonância aplicado à música. O canto coral, o órgão da igreja, os naipes de uma orquestra performam uma espécie de escambo, uma suruba retumbante em que o princípio da ressonância é trançado para virar cenário, uma arquitetura sonora em que a melodia se sinta confortável e queira se abrigar.

A ressonância é uma artista pintando tons dispersos, tons per-versos, tons imersos, garrafas lançadas ao mar. Tensão e deslumbramento, amor... e paz.

Agora, convenhamos, querer produzir magnetismo e ressonância no silêncio da intimidade da escrita já é querer um milagre, né, não?

DEFEITO DE FÁBRICA

Eu nunca faria parte de uma oficina literária que me aceitasse como aluno. Foi o que pensei, quando surgiu o desafio de elaborarmos um texto tendo como propósito zombar de si mesmo, acentuando fraquezas, manias, idiossincrasias, ou seja: dar a outra face — a que buscamos esconder — ao tapa.

Mas logo me animei com a ideia, que serve de contraponto neste Admirável Mundo Novo, onde todo mundo se acha (eternamente) novo e quer ser admirável (e fazer bonito, e fazer sucesso, e passar brilhando como um cometa deixando um rastro de seguidores) e ser convocado para tratar em público dos meus vacilos sem vacilar, me autoimolar, sem me amolar com isso, até que me soava terapêutico.

Mas não é que, logo hoje, estou me sentindo meio bloqueado e sem inspiração para falar mal de mim mesmo? Já não basta a realidade em que vivemos? Era só o que faltava: ter que apontar meus próprios defeitos. Ora bolas! Os meus defeitos eu empurro para baixo do tapete (aliás, já empurrei tantos que visualmente ele parece levitar, como um tapete voador daqueles... para ninguém botar defeito).

Foi aí que resolvi pedir ajuda a Sara.

Não sei se vocês sabem, mas a Sara, além de esposa, é psicóloga e fez o mestrado, o doutorado e o pós-doutorado tendo caso... comigo. A Sara me conhece muito bem, melhor até do que eu mesmo. Ela conhece todos os meus defeitos. Por isso mesmo resolvi apelar para ela:

— Querida, preciso de sua ajuda.

— De novo?! Mas o que é que você não lembra onde deixou, desta vez? Posso apostar que está bem ali, na sua cara!

— Não se trata disso, preciso escrever um texto autodepreciativo e não sei por onde começar.

— Essa vai ser difícil! Com o tamanho do seu ego, você não vai conseguir.

— Mas, querida, eu sempre ouvi dizer que o tamanho do ego não importa.

A Sara finge que não escutou a piada e devolve a bola:

— Acredite, a sua autoestima é tão forte que você jamais vai conseguir escrever um texto falando mal de si mesmo.

Eu já estava começando a me achar, no mínimo, o máximo (!), quando ela resolve acabar com meu entusiasmo:

— Mas, se precisar, eu te ajudo. Faz assim: eu vou ditando, e você só anota.

Viajo sobre esse assunto enquanto dirijo (são três horas de estrada subindo a serra). Busco elaborar um texto pelos fragmentos de nossa conversa desatinada. Reflito. Casamento é como um carro; um bem que vai depreciando conforme o tempo de estrada; alguns derrapam logo na primeira curva. Olhando pelo retrovisor, passo a acreditar que alguns casamentos deveriam vir com bateria sobressalente, cláusula de devolução e garantia estendida. O meu até que é bem rodado e longe de ser considerado zero quilômetro, mas posso assegurar que se encontra em bom estado de conservação.

Ela nota que estou disperso ao volante, com os pensamentos lá longe. E reclama:

— Geralmente você costuma ir mais rápido, parece que está com o pé no freio. Larga mão de divagar.

Logo desperto. E volto para a pista pensando: Até que isso que ela acaba de dizer dava uma boa frase de efeito. Insisto (mesmo não querendo). E dou mais uma cutucada com vara curta na fera:

— Então, não vai me ajudar a encontrar alguns bons defeitos para o meu texto?

— Pois é, não sei o que me deu de repente. Algo que faço com tanta naturalidade, agora que estou sendo intimada, por incrível que pareça não vem, simplesmente... travei!

Faltam poucos dias para as nossas bodas. E faltava pouco para chegarmos a nosso destino. Então resolvo compartilhar com a Sara a metáfora do carro e do casamento. Brinco dizendo que só agora me dou conta de que estamos casados em regime de "depreciação parcial de bens" (os meus). E, visando converter mais pontos no meu programa de quilometragem com ela, emendei: "pelo menos você não deprecia, nunca".

P.S.: Na volta, pedi para a Sara revisar este texto.

"Até que está bom", ela me diz, "mas seu principal defeito continua sendo acreditar que não tem um bom defeito para escrever sobre si mesmo".

BRIT

לְדֹרֹתָם לִבְרִית עוֹלָם – *Le dorotam l'brit olam*
"Por gerações o pacto eterno."
בראשית 17 (Gênesis 17)

Dizem que os judeus têm características distintas e marcantes. O humor e o otimismo são algumas delas.

Isso me lembra aquela velha piada que faz graça com a ideia de que os judeus são tão otimistas, mas tão otimistas, que, assim que o menino nasce, ainda nem se sabe o tamanho que vai ficar... e já saem cortando. Sem dúvida, um povo que consegue rir de si mesmo — e das próprias piadas.

Na escola, além das matérias convencionais, a gente estudava a Torá, que nos era ensinada em hebraico. O livro de Gênesis é repleto de historinhas interessantes, e o professor costumava testar nosso conhecimento enviando o dever de casa com questões do tipo: "Quem disse o que, a quem, e quando?" Nessas horas eu costumava pedir ajuda a meu pai.

Minha cabeça era de criança (ainda é, até hoje), mas o corpo já estava naquela idade de querer mudar de fase quando me deparo com um versículo especialmente sensível (e bota sensível nisso): aquele que narra o *Brit Milah*, o pacto de Abraão com D'us.

Para quem não sabe, Abraão (o pai de todos) tinha 99 anos e era casado com uma mulher bem mais novinha, a Sarah, que tinha 90 e nunca conseguira engravidar. Aí me aparece D'us — numa época em que não havia Pfizer nem congelamento de óvulos — e, dando uma de algoritmo em um destes anúncios cheios de reticências, profetiza: "Vocês terão um filho, se fizerem isso..."

Abraão, incrédulo, mal consegue disfarçar o riso. Porém, como num filme — tendo D´us no papel de diretor — repleto de personagens e heróis com superpoderes, efeitos especiais e viradas de roteiro... na cena seguinte nasce o tão desejado rebento. O Todo-Poderoso é quem lhe define o nome: "Vai se chamar Itzchak" (Isaac, em hebraico: aquele que ri). E, de sua cadeira, com aquela voz possante de megafone ordena: Corta!

Assim, exatamente nessa passagem, fica estabelecido o *Brit Milah* (pacto do corte), que determina que todo menino judeu, aos oito dias de seu nascimento, vai passar por aquilo: um pacto firmado entre Abraão e o Eterno (e eu com isso?) estabelecido há milhares de anos.

Mas que pacto é esse, meu deus?, pergunto, assombrado, a meu pai — enquanto percebo que ele busca desviar do assunto, abusa de comedimento, querendo cortar fora a parte mais importante da conversa; e fica dando um monte de voltinhas, evita os detalhes (sabe quando a gente acha que entendeu tudo, mas perdeu um pedaço importante da história?). Pois é! Essa é uma história muito mal contada, passada de pai para filho, desde então.

Na cara dura, pergunto a meu pai: mas... eu também passei por isso? O silêncio entrega.

Brit Milah é o tipo de assunto que mal entra na conversa e já é cortado. Aquela coisa que todo mundo sabe o que é, mas ninguém diz. A parte *Milah* (corte) do *Brit* (pacto) é um tabu tão grande que acabou sendo excluído da festa, e passamos a ser convidados simplesmente — e eufemisticamente — para a cerimônia do... "*Brit*" (para bom entendedor, meia palavra basta!).

Sou péssimo com piadas (vou logo avisando). Normalmente eu já começo entregando o fim. Em vidas passadas, com toda certeza, eu já dava spoiler da Bíblia quando ela ainda estava sendo rascunhada pelos escribas. Mas vou tentar contar uma piada de judeu muito boa que aprendi com meu tio Oscar — que é médico, adora piadas e, por coincidência... é urologista.

Aí vai:

Isaac entra numa loja em busca de uma carteira de couro.

Seu Moisés, muito atencioso, exibe para o cliente os mais diversos tipos. Discorre sobre as vantagens de cada uma com aquele dom que lhe é peculiar, enquanto vai informando os preços: "Esta é linda, feita de couro de carneiro; esta outra, de vaca; e esta, de cobra; tenho também esta aqui, um pouco mais cara, mas é muito resistente, toda confeccionada em couro de jacaré".

Isaac parece não gostar de nenhum modelo.

Seu Moisés pede licença e vai para os fundos do estabelecimento. Logo volta com uma linda carteira, extremamente bem desenhada, confeccionada com múltiplos recortes perfeitamente costurados, acomodada em uma caixa especial de veludo.

Isaac quase desmaia ao perguntar o preço: "Mas por que tão cara? Oi-oi-oi".

O dono não se ofende. Gesticula de forma cúmplice para que o freguês se aproxime e, piscando um dos olhos, complementa: "Nem te conto de que é feita, mas, se você fizer assim (mostra com as mãos) com carinho, ela se transforma em uma mala".

DEDO DE D´US

"Não tomarás o nome do Senhor em vão."
(Livro de Êxodo 20, 7)

O uso do apóstrofo na grafia é proposital. Uma providência inventada pelo judaísmo quando não há como evitar de mencioná-Lo em vão. *El´ohim* é um, mas existem 72 nomes, e outros tantos apelidos, usados (eu-fé, místi-ca-mente) como subterfúgio quando é imperativo driblar o mandamento.

Meus pais não eram religiosos, optaram por ser práticos em vez de praticantes. Segui pelo mesmo caminho. Em minha juventude, participava de um movimento juvenil judaico, o *Hashomer Hatzair*, que promovia atividades similares ao escotismo, com muitos jogos, acampamentos e estudos em contato com a natureza. Nessa época, acabei me envolvendo com uma de minhas paixões: o alpinismo.

O Rio de Janeiro é, mesmo, uma cidade abençoada e bonita por natureza. Com suas matas e montanhas, parece um Jardim do Éden. Só de admirar seu relevo já caímos em tentação: Pedra Bonita, Corcovado, Pão de Açúcar, Pico da Tijuca, Pedra da Gávea e tantas outras perdições se exibindo sem pudor. Vista do alto do alto, então... é um maná para os olhos.

Início dos anos 70. Éramos quatro fiéis mosqueteiros recém-saídos da puberdade cuja principal diversão nos fins de semana (na falta de outra coisa) era sair para conquistar montanhas. Sem querer me gabar: conquistamos todas (as mais fáceis, primeiro).

Havia uma em especial, a mais monumental de todas, a zombar da nossa cara, uma azaração total. Entranhada no meio do Parque Nacional da Serra dos Órgãos, aquela extraordinária formação rochosa em formato de mão com o indicador em riste apontando para o alto, a caçoar de nossa petulância, a exigir humildade, a pedir respeito: o temível *Dedo de D´us*.

Inferno!, pensamos. Por isso mesmo resolvemos encarar. Juntando as mesadas de um ano inteiro, conseguimos comprar o equipamento mínimo de segurança: 50 metros de corda de alpinismo e alguns mosquetões.

Creio que hoje não se faz mais assim. Mas naquela época, quando a gente estava em vias de aprontar alguma diabrura, ou algo pouco cristão, a gente vestia cara de santo e vinha sempre com aquela desculpa esfarrapada (e manjada) na ponta da língua: "Vou estudar na casa de um amigo".

Tudo certo, como era de se esperar (os pais quase sempre acreditam), e lá fomos nós, de ônibus, às 4h da matina, para Teresópolis. Não dava para dormir no trajeto. Era preciso estar atento durante a subida da serra, e rezar para que o motorista concordasse em parar no meio de uma das inúmeras curvas, no escuro, em frente a um local específico da mata que dá acesso à trilha. Assim que descemos, o sol despertava para bater à porta da divina paisagem do mirante do Soberbo.

Nossa peregrinação inicia com uma caminhada íngreme de duas horas floresta adentro. Uma *Via Crucis* a ser vencida até a base da pedra onde preparamos nosso encordoamento, amarrando-nos uns aos outros a espaços regulares — o que ajuda no psicológico.

Damos início à escalada. A primeira parte é quase toda por dentro de uma enorme fissura na rocha, em que se usa a técnica da chaminé. É um parto. Só que ao contrário: basicamente, você avança esfregando as costas para vencer a resistência da pedra, forçando joelhos e pernas contra a parede da frente, e vai galgando. Não tem como cair. Às vezes você fica entalado, tentando sair do buraco em que se meteu. E vai lutando. Cada um do seu jeito. Subindo na direção de onde vai dar a luz, ao fim da enorme fenda.

A segunda parte é mais larga. Usamos as mãos espalmadas para baixo em movimento coordenado com os pés, forçando a parede da frente para içar o corpo nos últimos 50 metros (isso me lembra que, quando criança, eu costumava subir nos umbrais das portas, fazendo meus pais subirem pelas paredes).

Deste ponto em diante, já do lado de fora, a visão é realmente estonteante. Fica-se exposto ao precipício. Ao sabor do vento. À beira do abismo. É preciso coragem para encarar este último lance de domínio. Se cair, vai pro céu. Daqui até o topo é pura técnica de escalada. Muita calma nessa hora: ou se mantém o juízo, ou é o juízo final.

A bem-aventurança se completa a 1.700 metros de altura.

Com a vista deslumbrante de 360 graus, quase me sinto no Olimpo. Naquela época, ainda não havia orelhão, que dirá celular (por isso não tenho fotos), mas vejam pelo lado bom: pelo menos os pais não podiam nos telefonar para conferir a que altura dos estudos nos encontrávamos.

No ápice de nossa desmedida alegria, fazemos uma pausa para almoço: biscoito água e sal — que, com o tamanho da nossa fome, sacia como uma hóstia... gourmet. O filete de água benta que mina por entre as pedras vai aplacar a sede e encher nossos cantis para o retorno.

Hora de descer.

Diz que pra baixo todo santo ajuda. Vocês vão ver que não é verdade.

A volta se faz pelo lado leste. Pendurados aos flancos da montanha, teremos uma sequência de quatro lances a serem vencidos usando a técnica de rapel. As paradas ocorrem em pequenos platôs entre cada etapa. É bastante divertido: balançamos na escarpa, tendo somente a companhia dos pássaros e das nuvens — a vida pendurada por um fio.

Tudo ia bem, até o terceiro pouso, em que é preciso recolher a corda estirada que nos levara como marionetes até esse pequeno palco. Eis que, ao soltar-se do grampo que a prendia, ela desce serpenteando para se embrenhar feito o capeta dentro de uma rachadura na pedra. E fica enroscada. Não apeia dali nem por decreto, nem reza forte ou mandinga. Estamos os quatro petrificados, de pé, em um platô de menos de 2 metros por 70 centímetros de largura, a 1.570 metros do mais puro precipício.

Vai vendo!

O tempo fecha repentinamente, apressando a noite, que despreza nossos relógios. Seria lindo aquele poente, se não estivesse lusco-ofuscando sarcasticamente nossa penitência. Estamos em apuros. Recusando cair na real. Com a corda presa, não poderemos realizar a descida até o último platô. Será preciso vencer a noite nesta minúscula plataforma, à espera de um improvável e milagroso resgate. Como se não bastasse, uma tempestade bíblica começa a ser conclamada sob nossos pés. Estrondos apavorantes. Zeus parece brincar de lançar flechas lá embaixo, rindo da nossa miséria. Um frio de cemitério. Clarões que assustam como fogos-fátuos, fazendo de nós as próprias almas penadas. Uma lata de leite condensado (para quatro) era tudo o que tínhamos disponível para varar a noite. Uma lata de leite condensado, o que, àquela altura, se configura como a (nossa) Última Ceia.

Para não morrer de hipotermia, improvisamos uma estratégia amalucada: revezando de meia em meia hora, três de nós, dispostos lado a lado, cobríamos com o próprio corpo o sortudo da vez, que ficava deitado. O dilúvio desaba poucos metros abaixo de onde estamos, o que transforma nossa pequena pousada em uma verdadeira Arca de Noé. E assim ficamos, dependurados no escuro, sem lanternas, em nossa mesa de pedra a servir de altar — e nós como oferendas.

Eu, que passei a vida inteira crente de que não acreditava em nada, passei a recorrer aos orixás, rogava *Insha'Allah* que nada nos acontecesse. Cheguei a invocar até ajuda aos deuses gregos. Mas o que me vinha à mente era a imagem do castigo dado a Prometeu: aprisionado à montanha, tendo um implacável abutre (ou seria minha mãe?) a lhe comer o fígado.

Não tinha mais forças. Só me restava a esperança. E dizem que ela é a última que morre (e eu não parava de pensar como isso soa mórbido nessas horas). Foi uma noite interminável.

O sol nasceu a fórceps.

Avaliamos a situação: ninguém sabia de nosso paradeiro. Se, caso, contudo, todavia, quem dera, talvez, até que uma equipe de salvamento fosse acionada... ao chegar aqui só encontraria nossos ossos (quase me dispus a riscar na pedra meu testamento).

Então o milagre. O sopro do destino muda de direção: um de nós, não lembro quem, toma a iniciativa e resolve escalar o paredão de forma reversa no intuito de soltar a corda. Um procedimento quase impossível e muito arriscado. Mas, quando você se encontra entre a cruz e a espada, à beira da ribanceira, sem eira nem beira, você tenta de tudo. Só que não teve jeito. A corda estava entranhada de tal forma que precisou ser cortada.

Com a rocha encharcada, escorregadia, ainda nos restava o último lance: um rapel negativo de mais de 20 metros, em que se fica pendurado no espaço. Dispondo de apenas metade da corda, o desfecho era imprevisível. Por ser uma escalada negativa, não dá para avistar o platô logo abaixo. Não temos como saber se a corda será suficiente para a estratégia traçada. O primeiro de nós vai tentar alcançá-lo num procedimento arriscado, que poderia ser o fim do mundo, ou a nossa redenção.

Um jovem destemido se pendura no silêncio do abismo.

Era quase possível escutar a tensão na corda. Até os pássaros calam com a tensão no ar.

Então o grito: "A linha acabou!"

A corda balança tesa, depois afrouxa. O som do baque...

uma aflição se agarra à mudez do hiato.

Então o anúncio que salta da garganta como uma manchete em negrito: "A corda não foi suficiente, mas deu pra pular o que faltava. É possível!"

Um a um, nos arriscamos na manobra tinhosa, que não consta em nenhuma das sagradas escrituras de montanhismo. Era preciso coragem e agilidade para executar com precisão um pêndulo, e então largar a corda no momento exato de fazer o salto de cerca de 2 metros para acertar a saliência na encosta — que se encontra a mais de 1.500 metros do chão. É o que temos para hoje.

A divina providência se manifesta. Tiritando, mas a salvo, vencidos pelo cansaço, envoltos em uma quietude sepulcral, descemos a trilha por dentro da mata encharcada por mais duas horas até chegarmos aliviados ao asfalto.

Meu ônibus passou por Santo Cristo, seguiu pela rua Bom Pastor, virou na praça Saens Pena, e eu ensaiando o que dizer quando chegasse a casa. Entro com cara de monge. Cansado e cheio de lama. Não teve jeito, resolvo me confessar (pela metade): "Fizemos uma caminhada leve ao Redentor".

Minha mãe, carinhosa como sempre, me oferece um bife acebolado com batatas fritas. Dou a primeira garfada. Logo me vem o engulho (detesto quando ela tenta me enganar colocando cebolas). Nem precisei dizer muita coisa. Mãe é mãe.

Ela percebe. Sabe que detesto. Mas insiste: "Sim, filho, é isso mesmo. O médico disse que você precisa tomar ferro de vez em quando. Se não, vai comer seu fígado, como eu".

Não sei vocês, mas a partir desse dia aprendi a respeitar tudo que diz respeito ao Dedo de D´us.

FANY

A חלוצה — *Chalutzá* (pioneira)

O termo hebraico *chalutz* (no plural, *chalutzim*) designa os pioneiros judeus que construíram e fundaram a moderna Israel. A palavra manifesta outra conotação importante, adjetiva: de mérito, audácia, abnegação — e determinação. Quando comecei a escrever este texto, me dei conta de que ela contém a raiz que deriva outras palavras, como *chilutz* e *lechaletz* (salvamento, resgatar).

Nascida Fany Glusman, em 1930, filha de imigrantes judeus que, fugindo dos *pogroms* (perseguições) ocorridos na extinta União Soviética, buscaram abrigo no Brasil, estudou no Colégio Israelita de Porto Alegre e se formou em enfermagem. Fany tinha como vocação cuidar das pessoas.

No início dos anos 1950, embarcou em um navio para Israel, com outros jovens *chalutzim* brasileiros designados para consolidar um novo *kibutz*: Bror Chail. Um deserto inteiro ia, aos poucos, sendo domado, irrigado, e transformado em local habitável por meio destas pequenas colônias comunitárias agrícolas de ideologia socialista, os *kibutzim* (agrupamentos), que viabilizaram a criação de um país inovador. Era uma época de vacas magras, os anos da *tzena* (austeridade), em que faltava tudo, e o que havia era quase nada. Minha mãe se vestia de orgulho e entusiasmo ao relembrar esses tempos de escassez, e contava que um simples ovo cozido era uma raridade a ser repartida — quando havia — um para cada casal.

Até hoje me admiro da capacidade de nosso povo de organizar, motivar e preparar esses *chalutzim* (pioneiros) e conseguir *lechaletz* (salvar) tantas pessoas oriundas de diversas regiões, culturas, costumes e tradições para juntos, "resgatantes" e resgatados, erguerem uma nação do zero na esperança de abrigar pessoas que, até então, só haviam conhecido perseguições e exílios.

E foi ali, no meio do deserto, em uma região inóspita e improvável que aos poucos se transformava em paraíso, que nasci e, logo depois, meu irmão. Tendo o hebraico como língua mãe a unificar aquela babel de gente.

Tenho guardada uma foto singela de quando eu era bebê e dava os meus primeiros passos no *kibutz*. Minha mãe se emocionava ao ver aquele registro. Com os olhos marejados, repetia sempre a mesma história: havia grama... em frente ao *beit ieladim* (casa das crianças), o único lugar de toda a região em que já despontava o verde.

Foi assim, em um período difícil, de um país em formação, ainda pobre e sem recursos, cercado de inimigos e tendo vários desafios pela frente, que minha mãe e meu pai, e outros tantos pioneiros, ajudaram a desenhar uma grande história. Quando penso no tanto de bravura, determinação e capacidade de realização dessa gente, sinto muito orgulho deles.

A גיבורה — *Guiborá* (heroína)

O termo **guiborá** deriva da palavra **guevurá**, que significa coragem, heroísmo. Essa mesma raiz está contida em palavras como *leitgaber, itgabrut,* que conotam: sobrepujar, superação.

Questões de família — uma grave doença do meu avô paterno, no início dos anos 1960 — levaram meus pais a abandonar o sonho de viver em Israel. Minha mãe acompanhou a decisão que os trouxe de volta ao Brasil com duas crianças pequenas, eu e meu irmão.

Anos depois, quando meu pai adoeceu — passando o restante de sua vida acamado —, Fany precisou se desdobrar, assumindo a loja durante o dia e cuidando dos filhos, do marido e do pai idoso, nas horas restantes. Ela, que havia sido mãe e dona de casa, viu a loja prosperar sob seu comando.

Fany sempre soube lidar com desafios, assimilar mudanças e encarar eventuais decepções de forma positiva. Abordava todos os problemas que surgiam com paciência, compreensão e senso prático — sem nunca reclamar.

Trabalhou até os 85 anos, quando uma queda na calçada lhe fraturou o fêmur. Passou por uma delicada cirurgia para colocação de prótese. Gosto de me lembrar de sua bravura nos longos meses em que esteve internada em um hospital administrado por freiras, sendo cuidada por enfermeiras evangélicas e cujo diretor-chefe, que a acompanhava, era um médico árabe, de nome Muhamed. Tratava a todos com a mesma dose de carinho e simpatia. Todos gostavam dela. Mesmo com um coração enfraquecido pela idade, ao voltar para casa, recuperou totalmente a autonomia e manteve a lucidez até o fim de seus dias.

A צדיקה — *Tzadiká* (justa)

A expressão *tzadik* designa o justo. Para os judeus, tornar-se um *tzadik* é uma qualidade de caráter a ser almejada e lapidada pela leitura da Torá e dos preceitos da sabedoria judaica. E traz embutida a raiz hebraica que dá origem à palavra *tzedek* — que significa não apenas justiça, como também: razão, lógica.

Minha mãe cresceu em um lar judaico secular, portanto, não religioso. Reproduziu a mesma abordagem na educação de filhos e netos. Respeitava os costumes e tradições e sabia recitar as preces, mesmo não sendo religiosa. Mantinha uma postura agregadora que recusava dogmas, fronteiras e preconceitos. E uma dignidade e um estado da alma que só se percebe em pessoas de espiritualidade elevada.

Cuidava da loja, dos filhos, dos netos, do marido e do pai com esmero, e ainda tinha fôlego para levar algum conforto aos mais necessitados. Não sei de onde tirava tempo e disposição para se doar como voluntária nas instituições judaicas de ajuda aos menos favorecidos, como *Wizo, Keren Kaimet, Chaviva Raik* e o Lar das Crianças Israelitas.

Outra de suas virtudes era nunca se deixar levar pelo yachnerai (fofocas). Em sua presença, ninguém conseguia sustentar por muito tempo a prática do lashon hará (más línguas), do maldizer, de criticar os outros, do falar mal de alguém (muito menos pelas costas). Conciliadora, sabia apaziguar e perdoar como poucos. E adorava presentear. Quando não havia recursos, inventava um mimo, uma torta, uma pastinha, um doce, que embrulhava em celofane como se fosse de uma loja de luxo, pelo simples prazer de dar.

Em suas mãos, panelas, utensílios domésticos, fogão, geladeira, louça, talheres estavam impecavelmente limpos e brilhantes como novos. Mesmo quando fui vê-la, atendendo chamado urgente no meio da madrugada e ela precisou ser internada, encontrei-a vestida, a cama devidamente arrumada.

Fany não queria dar trabalho. E não deu. Caminhou por conta própria até o carro. Despediu-se dos porteiros como quem adivinha. Já no hospital, aceitou com dignidade os cuidados que sabia derradeiros (era enfermeira). Nos recebeu sorrindo em nossa última visita. E se alegrou com as fotos da festa de *Bar Mitzvá* de seu sobrinho neto, Daniel, ocorrida há menos de dois meses, ocasião em que se juntou, toda serelepe, à roda de הורה — *Hoira*, a dança folclórica israelense. Fez comentários entusiasmados, contou histórias do passado. Lembranças, somente as boas. Nenhuma queixa. Seis horas depois, partia para sempre. Em um fim de tarde de um domingo de sol. Para que todos pudéssemos seguir a vida placidamente, com todos os desafios que se apresentam — como ela o fez.

Yhie zichroná lebrachá,
baruch daian ha emet.
(Abençoada seja a sua memória,
abençoado seja o Supremo da verdade.)

*Nota do autor: Texto escrito para a cerimônia de encerramento do *Shivá* (luto) de minha mãe.

YOCHAI

Há coisas que não precisam ser ditas para ser entendidas. As mais graves sempre chegam amarradas nas entrelinhas do silêncio. Eu tinha apenas 24 anos quando confirmei isso pela primeira vez.

Meio da tarde do dia 11 de março de 1980. Eu havia terminado de trabalhar. Guardei o trator na garagem do *kibutz* e caminhava para casa, distraído, escutando música no meu walkman quando dois oficiais descem do jipe perguntando pelo pai do Yochai. Naquele momento, nada mais precisava ser dito. Nem ousei perguntar.

Ele era um menino de 18 anos quando fomos apresentados, em 1978. Eu havia concluído o meu serviço militar há pouco meses. Yochai era quatro anos mais novo que eu. Tinha cabelos longos e lisos. Muito lisos. Da cor do trigo prestes a ser colhido. Seu rosto quadrado trazia sempre um sorriso discreto e que combinava com seu caráter. Trabalhávamos juntos todos os dias, buscando arrancar milagres daquela terra dura e de uma teimosia desértica ancestral de só querer parir pedras. Não à toa, as crianças que nascem em Israel são chamadas, carinhosamente, de sabra — nome do fruto de um cacto nativo cheio de espinhos por fora... doce por dentro.

Yochai era um típico *sabra*, mas sem espinhos.

A noite ainda relutava em virar dia quando a gente pulava da cama para se encontrar no refeitório comunal. Dois sonâmbulos, a cumprir um ritual cotidiano: preparar a garrafa térmica com café, encher o *jérican* (um galão quadrado de plástico, envolvido por isopor) de água gelada, ligar a máquina para fatiar o pão de centeio bem dormido do dia anterior e improvisar alguns sanduíches, às vezes de queijo com pepino em conserva ou pasta de chocolate (quando havia), que serviriam de café da manhã e almoço ao ar livre.

Naquelas madrugadas da vida, a gente se animava de verdade dentro da câmara frigorífica. Especialmente quando os olhos batiam em algum artigo de luxo que sobrara do jantar: um bife de peru à milanesa, uma fatia de pizza, geleia de morango ou, em dia de muita sorte, algum pote esquecido com creme de chantili.

Eu gostava de ver o sol espichando nossa presença no cedo da paisagem, aquelas duas sombras gigantes repletas de juventude levando nosso farnel e alegria até a garagem. Então, a rotina de verificar o óleo, abastecer de diesel os tratores, e partir para domar os campos. Era assim. A cada dia.

E foi assim que Yochai logo virou o meu melhor amigo entre os jovens nascidos e crescidos no Kibutz Nachshon, onde eu vivia naqueles tempos.

As ferramentas que a gente acoplava aos tratores, para enfrentar a preguiça da terra mudavam de acordo com a tarefa e as estações do ano: o arado que rasgava, o disco que amaciava, a semeadora que despejava esperança e ânimo naquele solo que só conhecia ingratidão.

Assim que surgia o verde, era preciso carregar nos braços uns canos imensos, que a gente distribuía em fileiras pela plantação; depois, encaixávamos os aspersores de irrigação que jorravam gotículas de água a intervalos calculados para vencer a birra da natureza.

Yochai é um nome que contém a raiz "*chai*" (vida). Um nome que significa, literalmente, D´us existe.

Ah! Como a gente se empolgava vendo aqueles campos se encherem de cores: o branco do algodão, o marrom do grão-de-bico, o amarelo dos girassóis em seu movimento obediente, o trigo derramando ouro ao amanhecer. Para minha tristeza, havia também o tempo da ceifadeira.

No inverno de 1979, Yochai foi cumprir o serviço militar em uma unidade de elite, como a maioria dos jovens nascidos em *kibutz* faz. Os treinamentos eram puxados. Ele vinha poucas vezes para casa. No máximo, uma vez por mês. Aparecia assim do nada para um *shabat,* ou algum feriado — quando muito. O cabelo agora curto. O sorriso agora tão secreto como as missões. Mas era o mesmo Yochai. Nunca se vangloriava.

Nas poucas visitas, a gente se abraçava e ele me perguntava das novidades... "O que vingou?" Se preocupava. Queria saber como eu estava me virando sem ele. E dizia que dentro de um ano voltaríamos a trabalhar juntos.

Esta semana, olhando na página do Facebook do *kibutz,* fiquei feliz ao saber que seus amigos, quatro décadas depois, resolveram lhe prestar uma singela homenagem: plantaram um banco simples, de madeira, em um local bem escolhido, próximo de onde ele está, e de onde se pode apreciar toda a beleza dos campos e confirmar... que D´us existe.

UMA CERTA PAZ

Rio de Janeiro, 28 de dezembro de 2018.

שלום (olá), Amós

מה שלומך ? (como vai?)

Desculpe o ímpeto de iniciar esta carta embaralhando dois idiomas.

Na verdade, adoraria escrevê-la toda em hebraico. Idioma antes tido como hermético, recitado às escondidas, repassado em segredo, de geração em geração a emoldurar a amargura de almas errantes ao longo de séculos de exílio forçado. Idioma utilizado por nosso povo — "o povo do livro" — para ler as escrituras e estudar os mistérios da Torá. Idioma escolhido para amalgamar a esperança tão sonhada — em múltiplas línguas — de ver florescer, novamente, a terra em que reinou David e para onde os primeiros *chalutzim* (pioneiros), fugindo de incontáveis perseguições, ousaram regressar para domar pântanos, verdejar desertos e fazer surgir inovação sobre as ruínas do passado. Idioma que intelectuais como teu tio, teu pai e tua mãe insistiram em ressuscitar para que viesse a se tornar o idioma oficial de uma nação.

Você viveu essa miragem adivinhada nos olhos marejados e já quase descrentes dos teus pais. E soube contar como ninguém essa miragem: a terra de Israel transformada em lar.

Querido Amós, mesmo sabendo que você jamais lerá esta carta, adoraria poder escrevê-la na língua que antes servia tão somente às preces melancólicas de nossos avós e que se transmutou em nossa língua-mãe. Língua que você adotou para dar vida à tua escrita e torná-la eterna e universal.

Acontece que esta carta não é apenas para você. Quero que mais pessoas a possam ler e, quem sabe, se emocionar. Além disso, se em português já me é difícil, imagina se tivesse que escrevê-la em hebraico!

Você não deve se lembrar de mim. Nós nos encontramos apenas duas vezes. Mas eu te conheço e admiro desde a minha juventude. Li quase todos os teus livros lançados aqui no Brasil, com excelente tradução do Paulo Geiger, de quem sou amigo. Para entender a complexidade e os desafios de traduzir a tua obra, basta ler a nota que o Paulo adicionou para justificar a opção por *Uma certa paz* como título, em português, para o teu romance *Menuchá Nechoná* (Descanso justo) — expressão contida na prece judaica pela elevação da alma de pessoas que partem para o eterno descanso.

Sabe, eu agora dei de escrever! E me inspiro na tua escrita. Quando vejo o atual cenário e me falta o que dizer, logo penso: "O que Amós Oz estaria dizendo?"

Admiro a tua biografia, teu posicionamento político, tuas ideias, tua ironia, tua inteligência. Admiro a forma apaixonada como você fala da paisagem, das pessoas, dos conflitos, da complexidade inerente a todos que desafiam viver nesta terra, que de prometida não tem nada.

Descobri que temos muitas coisas em comum, a começar pelo nome das nossas respectivas mães. E fui me lembrar disso anos depois, quando a Natalie Portman resolveu transformar o teu romance *De amor e trevas* em filme. Um livro autobiográfico totalmente despido de narcisismo em que você fala de si de forma absolutamente não egóica; fala de si para falar ao mundo.

Acho incrível você ter nascido em Jerusalém, ainda sob o mandato britânico. Imaginar que você tinha somente oito anos quando eclodiu a *Guerra da Independência de Israel*, em 48 — a primeira de tantas. Aos 15, você sai de casa e muda o sobrenome para Oz (que em hebraico significa força) e vai viver em um *kibutz* para desafiar o destino e fazer o mundo inteiro conhecer a força da escrita que leva teu nome.

Eu também nasci em Israel, 15 anos depois de você. E tinha apenas um ano de vida quando irrompeu a *Guerra do Sinai,* em 1956. A ameaça, no sopro quente do deserto, vindo bater às portas do *kibutz* onde meus pais lutavam para consolidar o surgimento de uma nação. Muito provavelmente compartilhamos deste mesmo sopro quente e ameaçador que vinha do Sinai. Um sopro com o qual você secava palavras selecionadas para assentá-las caprichosamente como folhas secas por entre as páginas dos teus livros.

Você já era um jovem escritor, quando foi convocado para lutar na *Guerra dos Seis Dias,* em 1967. Anos depois, na *Guerra de Yom Kipur,* em 1973.

Você não sabe, mas quando o presidente do Egito Anwar Sadat, o homem que planejou e quase conseguiu acabar com o nosso país, veio a Jerusalém, em 1977, conversar um improvável acordo de paz com Menachem Begin, eu estava servindo o exército na mesma unidade que você havia terminado de servir. E não me esqueço do meu entusiasmo quando soube que você dava início ao movimento "*Shalom Achshav*" (Paz Agora) — ao qual me filiei pouco tempo depois.

Fiz questão de iniciar a carta com um protocolar "שלום – Shalom". Acho bonito. E ao mesmo tempo estranho. Muito estranho iniciar uma carta desejando "Paz". Mas é assim mesmo que se faz. E, mais adiante..., "? שלומך מה – Má Shlomchá?", que, ao pé de todas as letras, se traduz por: "como vai a sua Paz?"

Ninguém entende o que é viver em um país onde, ao chegar, as pessoas dizem "Paz" em vez de um simples "olá!"

Ninguém entende o que é viver em um país onde, ao se despedir, as pessoas dizem "Paz" em vez de um simples "tchau!"

Você entende. Eu entendo.

Eu era um jovem músico vivendo em um *kibutz* quando fui convocado para lutar na *Guerra do Líbano*, em 1982. Foi a primeira vez que nos encontramos, lembra? Eu recém-voltara do *front* quando nos esbarramos em Jerusalém, diante da casa do primeiro-ministro, para exigir que terminassem com aquela loucura. Eu estava sentado no meio da rua desenhando cartazes de protesto quando a equipe de TV chegou. Conversamos um pouco — eu e você. Eu ainda trazia a poeira nas botas a fuligem no rosto, o cheiro da guerra na pele, a descrença na humanidade em meu semblante, quando os organizadores me pediram que subisse ao palco na manifestação que mobilizou 100 mil pessoas em Tel Aviv. Queriam que eu falasse em nome dos soldados que haviam lutado, dos soldados que haviam morrido, dos soldados que ainda iam morrer. Imagina, discursar ao seu lado! Recusei, claro (quem sou eu?). Mas eu estava lá, tentando mesclar o meu entusiasmo triste no meio daquela gente toda, cantando e dançando no meio da praça pedindo... Paz. Voltei ao Brasil para refrescar a cabeça. Acabei ficando.

Anos depois, nos encontramos novamente aqui no Rio, quando você veio lançar *Mais de uma luz,* livro iluminado que sintetiza o teu pensar já abordado em *Como curar um fanático* e no belíssimo estudo *Os judeus e as palavras,* que enseja o diálogo e a convivência em uma das regiões mais disputadas do mundo propondo a existência de dois Estados vivendo em paz, lado a lado: Israel e Palestina.

Agora que você se foi, recortei e guardei a frase que o Bernard-Henry Lévy postou, em sua homenagem:

"Muitas vezes, em momentos trágicos, quando a certeza parecia vacilar e o chão se esquivar, eu me perguntava: O que pensa Amós Oz? O que diz Amós Oz?"

שלום – *shalom* (vá em paz),

Com carinho e admiração,

Oren

ÍCARO SERAFIM

Cada qual tinha o seu papel, na fazenda do Coronel.
A terra sorria para uns
a terra ardia para outros.

Havia duas Maria, na fazenda do Coronel:
Maria do Amaral, a que sabia ler jornal
para ela um roseiral, vestido novo, enxoval
e Maria do Socorro, que no meio do milharal
tirou seu vestido velho
pra semear um rebento novo.

Prenhas do mesmo homem, na Fazenda do Coronel
onde nem nada passa
onde nem passa o vento
onde não há descanso
nem para o sofrimento.

Na fazenda do Coronel,
dono daquele mundaréu
onde nem nada nasce
onde nem nada cresce
dois ventres a crescer ao mesmo tempo
um a crescer de anel
outro de arrependimento.

Na fazenda do Coronel,
de remediada desgraça
num raio de muitas léguas,
o dissabor de duas Maria
uma a dormir em seu leito

a outra, quase ao relento
Maria de vestido novo
Maria vestida de desalento.

Naquela sesmaria,
onde nem nada acontece
onde nem o passado passa
onde nem o futuro roça
onde só é água vitalícia
o choro manso de todo dia,
prenhas do mesmo dono
duas Maria.

Na fazenda do Coronel,
onde estiagem e desassossego
nem carece de adubar
onde a miséria é tão antiga e tanta
que já nem se apercebe miséria
de tanto a miséria prosperar
onde as cantigas em moda de viola
nem mais a lua consegue alumiar
duas Maria,
e nesse desconsolo...
dois milagres,
encomendas do mesmo homem.

Maria do Amaral, protegida de todo mal, teve até pré-natal
teve festa, e coisa e tal, até saiu no jornal!
teve babá de avental, a filha que carrega seu nome:
Maria das Graças do Amaral.

Maria do Socorro, de querer arrancar algum roçado
do ventre infecundo daquela terra impura,
com cara de rapadura,
de um lamento que não tem cura,
concebeu, e fez nascer ali, naquela agrura,
um rebento de envergadura.

Já nasceu cabra da peste, e cheio de atrevimento
um menino de talento:
nasceu por baixo
(como todo o mundo há de nascer, naquele mundão),
mas em vez de olhar para o chão, como toda cria que se preze,
deu de mirar as altura
os oínho brilhando,
vivos de encantamento,
um olhar incandescente,
para o azul do firmamento.
Era coisa singular, aquele menino
como se de outro mundo fosse
e, desapegado do agreste,
a voar estivesse.

E bem-vindo veio, aquele menino
de natureza celeste
cheio de vida, sorridente.

E bem-vindo veio, como aguardente
a entorpecer o batente,
deixando as alma contente,
nessa terra ressentida.

E já quase se podia adivinhar,
que veio era pra avuar,
fazer todo povo sonhar
com uma terra prometida.

O choro mandou pro beleléu
e esticando as mãos para o céu
os dedinhos a querer provar
do doce no algodão de nuvens
de adoçar sol inclemente
fez chover leite e mel
na secura da boca mais descrente.

Maria do Socorro, a tristura cobriu com véu
ao ver florescer,
da terra que não conhece jardim,
o seu pequeno querubim.

Naquele presépio duro, forrado de capim
naquele chão de só parir desesperança,
na labuta de sol a sol suportar,
e não lhe querendo o mesmo fim...
deu então de lhe chamar assim:
Ícaro Serafim.

Mal o açude secou, pela décima quinta vez,
o menino se foi de vez,
tentar a sorte na cidade grande.
Arrumou emprego simples
ganhou corpo de estivador.
Quem não nasceu para doutor
agradece por ter quem lhe mande.

Lá, onde o céu encontra o mar,
onde há gaivotas a voar,
o sonho se torna mais ardente.
Pensando de vida mudar
dinheiro soube juntar
com a camisa a suar,
dobrava no batente.
Arrumou um professor

de dia foi trabalhador
de noite era inteligente.

Aprendeu a ler e escrever, a somar e multiplicar.
Não havia tempo a desperdiçar
amar seria... inutilmente.

Motivado e sorridente,
ansiava aprumar com o braço
futuro de vingar presente.

Era mesmo surpreendente, quase um desatino:
liberto de seu patrão,
parecia um vidente
riscando, na palma da mão, seu próprio destino.

Mas, neste mundo ingrato e capitalista, há um ditado, não insista:
"dê asas à imaginação, mas mantenha os pés no chão!"

Na fazenda do Coronel, na fazenda de duas Maria
a notícia veio de jegue,
chegou foi depois de dois dia!

Maria do Socorro, chamada aos gritos, veio correndo, apressurada
e só de ler nos olhos do povo,
já podia adivinhar,
(preferindo que ali ninguém ler soubesse, para lhe contar)...

que era notícia ruim,
a notícia que vinha
na garupa de outras dores.
E, mesmo em seu não saber... lia,
nos olhos do povo,
que era notícia de chorar.

Maria — a que sabia ler — ainda segura o jornal,
e, lendo pausadamente,
faz aguar os olhos de toda gente
a começar pela manchete,
que nem parece real:

Sonhava em voar, mas atolou-se todo.

Ainda moço, abandonou o sertão pensando em mudar de vida, na Capital. A reportagem apurou que, apesar de humilde, trabalhando com afinco, de forma honesta e cordial, conseguiu juntar algum dinheiro. Investiu tudo que tinha para alegrar a criançada com sua carrocinha de fazer nuvens de algodão-doce - coisa simples, trivial.

Calculava ser possível lucrar em pouco tempo, recuperar o investimento com seu talento e bom astral. Mas acabou se dando mal: nem bem se viu a decolar, por falta de alvará, a Prefeitura não se furtou em lhe afanar o sustento - de forma oficial.

Precisou levantar empréstimo, regularizar a questão fiscal; processo demorado, a burocracia é tanta, e desigual. Ninguém lhe dava aval. Devendo no cartão de crédito, entrou no cheque especial, atolou-se todo, derretendo o capital.

Sonhava alto o rapaz, mas levou um tombo. Tudo indica que foi morto por agiotas.

Ícaro Serafim teve enterro simples: em uma cova rasa, com palmos medida.

Consta que alguns de seus cheques ainda estão a voar.

NÃº SEI DIZER

"Eu tenho tanto, pra lhe falar,
mas com palavras, não sei dizer..."
(Roberto Carlos)

Você sabe. Você sente. Até consegue imaginar com que letra começa, mas a palavra... não vem. Quem nunca?

Você já reparou que a palavra certa, aquela que você procura farejadoramente pra entrufar uma frase, é sempre a mais ardilófica, cheia de transverssuras, escorregadíssica, diabamente enxôfrica?

Aquele momento apalavrorante de ter a palavra certa na ponta da língua, prestes a sair orgasmamente, mas ela não vem (sabe?). A angústia à beira do precipúcio (de quem tem), que deixa você encurralado (que palavra feia, meu deus!). Aí você se dá conta de que a palavra certa é uma cusparada engolidoída — aquela parada que não vem.

Existem palavras feias: buço, verruga, perdigoto, furúnculo... Existem palavras bonitas: anis, umbral, saudade, esperança... E existem palavras borogodóticas: fascínio, amendoado, preâmbulo, caleidoscópio.

Algumas palavras eu considero equinvocadas que dói: eleva-dor, aspira-dor. É o tipo de palavra que nem era pra se usar. Por mim, palavras feias deveriam desnascer.

Por outro lado, às vezes penso que algumas palavras falariam melhoramente, se fossem repaginadas. Quer um exemplo? Um dia desses, acordei pensando em... Ammor.

Nos dois emmes são visíveis (a depender da visão de cada leitor, claro!) dois pares de pernas se multi-implicando, quatro joelhos (ou duas bundas marcando a cupralualização do encontro, a depender do ângulo de visão), a levança do v^^ nas asas de duas gaivotas.

Não fica muito mais bonito? Assim grafado: ammor.

Falo do ammor deusatinado, deusejante, entregadamente comovente e comovisto, não um amor qualquer! Um ammor cheio de quer-querlharias, sendobrandura. No marrepio da alma o mar remoto. Um ammor tradu-sendo o que se sente... sendo.

Tá aí! Apenas um exemplo, de uma palavra nova... arrasatômica, que sabe o que diz.

VALE O QUE ESTÁ ESCRITO

Quase posso apostar que, só de ler o título, vocês conseguem imaginar o que vou escrever: um sonho desperta o bicho dentro de você que, com os últimos trocados no bolso, resolve arriscar tudo o que (não) tem em uma dessas esquinas da vida — e acaba acertando no milhar.

Quem nunca?

Escrever é uma espécie de aposta, um jogo de palavras. Para muitos (como eu), escrever é apenas um sonho. E não, este texto não é sobre o Jogo do Bicho.

Sempre tive implicância com o óbvio. Sei lá, não gosto dele, passei a vida inteira fugindo desse capeta. Assim que me apaixonei pela música, já desdenhava daqueles acordes básicos de principiante, aqueles manjados (sabe?), que todo mundo toca. Por sorte, em minha juventude, o que rolava na vitrola era coisa boa: Cartola, João Gilberto, Chico, Edu, Jobim, Milton, Gismonti e tantos outros; e tinha também Bill Evans, Wes, Parker, Miles, Coltrane.

Aquilo sim era um sonho, difícil de entender, difícil de interpretar, difícil de tocar, mas que me instigava e fazia delirar. Eu passava horas escutando, tentando imitar aquele tipo de música prodigiosa, buscando decifrar aquelas melodias de enfeitiçar, as harmonias elaboradas repletas de resoluções deceptivas a conduzir o ouvinte por lugares inesperados; e o ritmo, ah! o ritmo, repleto de suingue e bossa. Mais tarde, quando já tocava profissionalmente e consegui juntar alguns trocados, resolvi dobrar a aposta e fui pra Califórnia estudar — dessa vez a sério.

Depois de concluir meus estudos, havia um sonho antigo a realizar: cruzar os Estados Unidos de costa a costa, antes de regressar ao Brasil. Sonhar era a parte fácil do projeto. O problema é que eu já havia consumido todas as minhas economias e eu não tinha carro nem pra ir ali na esquina (podem apostar). A ideia de atravessar o país a pé soava um bocado dissonante, mesmo para meus ouvidos acostumados ao *Jazz*. Eu não acreditava no destino, até porque, pesquisei no mapa... Nova York fica a 4.489,70 km de Los Angeles.

Mas... e aqui começa a melhor parte desta história: na formatura, fui apresentado a uma pianista canadense que estava prestes a regressar para sua casa, em Toronto; a moça tinha um carro simples e estava à procura de alguém para dividir a direção e a gasolina.

Não lembro qual foi a minha jogada de abertura, que notas escolhi para convencer a mina que eu tinha talento e era a pessoa mais indicada pra tocar em sua banda e, principalmente, que eu não erraria de tom, muito menos desafinar com ela. Devo ter mandado bem, porque acabei passando na *audition*. Foi como ganhar na Mega-Sena (e sozinho), pensei.

No dia seguinte nos reunimos para traçar rotas e definir os arranjos. Ela estava saudosa de casa e queria fazer a viagem, cruzando o país, em três dias. Argumentei que seria mais interessante fazer o percurso por estradas menos óbvias, explorando as belezas naturais e conhecendo lugares diferentes. Consegui convencê-la. Calculamos que a aventura levaria uns 12 dias (só agora percebo que sempre fui um tanto prolixo). Eu estava exultante quando finalmente partimos.

Nota de esclarecimento: eu havia prometido (a mim mesmo) que nada disto que vocês estão apostando que vai acontecer aconteceria. Já afirmei aqui e reafirmo: detesto o óbvio.

Era início do outono, tudo parecia música: a paisagem mudava de tom ao longo do percurso, optamos por rotas alternativas, desviamos das dominantes, esticamos o tempo em passagens onde o tempo pedia para ser esticado, colocamos glissandos e fermatas onde se fez preciso, dividimos o mesmo carro, a mesma cama, os mesmos compassos, as mesmas estrelas cadentes, o mesmo deslumbramento.

E, por mais incrível que pareça, eu me mantinha fiel ao meu próprio arranjo e não mandava nota errada. Não porque ela não fosse bonita e atraente, não porque eu não tivesse desejo, não porque o inevitável das coisas não estivesse ali a me provocar, não porque eu não fosse acostumado a mandar às favas o que manda a partitura. Apenas... pura vontade de fugir ao óbvio.

Pena que naquele tempo eu ainda não escrevia. Mas vejo pelo lado bom: pelo menos não desperdicei meu tempo redigindo melosos clichês sobre pôr de sol, ou fazendo despencar no papel obviedades outonais como as folhas secas que emolduravam nossa jornada, e consegui me abster de relatar obscenidades da natureza como gêiseres jorrando orgasmos múltiplos.

Acostumado aos caprichos das notas musicais, hoje me pego flertando com as palavras; e venho até remoçando, me pego cantando, sem mais nem por que — e escrever é o quê?

Escrever é dar nome aos bois; é colocar um pouco de cinza nas palavras pra desenhar uma nuvem se formando; fazer cair a chuva que vai diluir uma saudade. Escrever é... encontrar poesia nas manchas das vacas pastando no verde recém-molhado da chuva que cai no meio da frase que escrevi ainda há pouco e que você está lendo agora. Escrever é dar cheiro ao verde.

Nunca mais a encontrei. Não teve diário de bordo nem cartas de depois. Trouxe comigo somente umas fotos bonitas que fiz do cenário e só.

Ainda tento fugir do óbvio, por isso conto apenas parte da história. A outra vocês conseguem imaginar — quase posso apostar.

NA CANELA!

O barzinho fica na Lapa, Rio de Janeiro. No palco miúdo, uma jovem cantora e o violonista de meia-idade. O repertório desfila o melhor da música brasileira. Bom gosto, qualidade e mérito artístico. Cada acorde que parte das mãos do músico parece um buquê de flores oferecido à cantora. A química entre os dois é perfeita. Nada falta. Nada sobra.

O show termina. Ao descer do palco, ainda sob aplausos entusiasmados, ela reconhece, por entre a penumbra, por entre o burburinho que preenche o vazio, por entre mesas e cadeiras... o olhar luzente de encantamento — um copo solitário a lhe fazer companhia. É o que a cantora percebe. Por entre o alvoroço, por entre gestos, por entrelinhas.

"Venha, quero lhe apresentar um amigo, ele é um bom escritor", diz a cantora, arrastando o músico pela mão até o local onde está sentado o facho de encantamento, que se torna mais luzente, ainda. O copo de cerveja a esquentar, esquecido.

Ela busca fazer a ponte. É preciso derreter o gelo. A mesa ganha mais dois copos.

"E aí, gostou?", pergunta a cantora (como se já não soubesse) ao amigo escritor.

"Muito", ele responde, os olhos grudados nela, "cresci escutando esse repertório; conheço as músicas todas, seus autores, as letras que sei de cor. Bravo!" (por um momento, ele pensa em adicionar ao elogio o gesto de quem aplaude em silêncio, mas o comedimento se impõe e ele se mantém discreto, uma mão em cada bolso).

O músico, incomodado com o arrojo de seu "concorrente", engole um gole de cerveja. Engole a seco. Como quem engole um remédio. Busca esconder uma pontinha de ciúmes como quem busca disfarçar uma nota errada e, visando impressionar a cantora, tenta puxar conversa: "Nossa! Escritor? Eu bem que gostaria de ser escritor. Mas não levo jeito. Acho que a pessoa já nasce pra ser escritor. Não é o meu caso".

O escritor, entusiasmado com a levantada de bola, ergue o copo em brinde. Busca disfarçar uma pontinha de imodéstia como quem busca disfarçar uma palavra extraordinária em um texto que se pretende trivial e, querendo impressionar a cantora, retruca: "Nossa! E eu adoraria saber tocar violão. Fiquei impressionado vendo o senhor (o pronome de tratamento escolhido a dedo) desembravecendo as cordas de forma tão conspícua. Mas não levo jeito. Acho que é preciso ter muito tempo sobrando, ou falta do que fazer, não sou doido o suficiente. Nem me atrevo".

O músico percebe o ruído tomando conta da conversa. Ensaia mudar os compassos de abertura inserindo algumas notas de gentileza para agradar os ouvidos da cantora. Então diz: "Bem que eu gostaria de ter um pouco mais de domínio sobre as palavras, saber como tocar o coração de alguém por meio delas, conseguir escrever alguma coisa que preste".

"Já eu adoraria prescindir delas. A palavra é muda!", rebate o escritor e, tirando proveito do arranjo que se insinua, infere: "Notas musicais são palavras não ditas; embebidas de sua pureza diáfana e cristalina; a vibrar por vontade própria; a tocar o coração da gente; a fazer reverberar sentimentos que não precisam ser explicitados" (assim mesmo, com esses infinitivos, e pontos e vírgulas todos).

"Que bonito isso que você acabou de dizer! Jamais conseguiria escrever algo assim. Eu não me entendo bem com as palavras. Elas me assustam", retrucou o músico — sem saber se entendera direito o que ouvira o escritor dizer agorinha mesmo.

“Obrigado, amigo. Eu é que não entendo como as notas funcionam. Apenas fico admirado. E o bom da música é que não é preciso entender para gostar. O sujeito pode ser um completo idiota e saber tocar. E isso me assombra”.

Foi a senha!

A partir daqui a conversa passa a desafinar, a ter problemas de concordância.

“Verdade”, diz o músico para em seguida, fingindo concordar, entrar solando de sola: “realmente, o sujeito pode ser um completo idiota, não consegue distinguir a diferença entre o som de um baixo e um contrabaixo, e sai por aí escrevendo críticas musicais que tratam da letra em vez da música”. E com o semblante imerso em orgulho, passa a fitar a cantora como se tivesse concluído um concerto virtuosístico.

Sai de baixo!

O escritor não é músico mas entende que é preciso entrar no mesmo tom: “Nem me fale! O sujeito pode ser um completo idiota, não consegue distinguir a diferença entre o advérbio ‘embaixo’ e o ‘baixo’ usado como adjetivo, mas se acha um gênio só porque consegue decorar alguns acordes”. E, com um semblante que é pura prosa, passa a fitar a cantora, pensando se já é para introduzir Nietzsche ao repertório.

Ambos se esforçam para se manter nas quatro linhas do tatame armado às pressas. Lutam para manter o nível e evitar que o bate-papo se transforme em baixaria.

A mesa se apequena naquela queda de braço. As garrafas de cerveja a regar a contenda vão se acumulando. Nota-se o enfado crescente na mudez da cantora. O duelo dissimulado entre músico e cantor correndo solto, cada um almeja ganhar terreno e conquistar seu espaço (que se traduz por conquistar o espaço e a admiração da moça).

Não se percebe, no escuro, por debaixo da mesa, as caneladas acidentais que ela vai desferindo em cada um, a cada comentário maldoso travestido de fineza.

A situação vai ficando cada vez mais tensa, quando o rosto dela se ilumina com a mensagem que chega pelo celular e logo se revela. "Vocês não vão acreditar! Acabei de ser convidada para uma festa. Tentem adivinhar! É um sujeito famoso. Meu ídolo (e da metade da torcida, a feminina, do Fluminense). Além de compositor e letrista, canta as próprias músicas e toca um violão bonito, sofisticado. E ainda por cima escreve livros. E é bonito que só. Uns olhos de ardósia... que só Carolina não viu" (obs.: no tempo deste relato ele ainda estava livre e desimpedido).

Silêncio geral. Eles se entreolham. Não é possível! Quem será, que será?... E será que estão convidados?

Decidida, ela passa a digitar freneticamente. Depois se levanta, dá dois beijinhos em cada um e informa: "Chamei um táxi, vou dar um pulinho lá. A noite ainda é criança..." E, pegando a bolsa, avisa: "Ele me disse que amanhã tem churrasco com pelada na casa dele e tem um time só de artistas que se chama Poli, Te Ama, ou algo assim. Se quiserem, vocês estão convidados. Só trazer as chuteiras e umas geladas. Me confirmem, que amanhã eu passo o endereço".

Antes de sair, ela deixa escorrer pelo braço a alça da blusinha de seda preta, dá uma piscadela de lado... e completa: "Ah! E não esqueçam de levar as caneleiras".

TANGO

A nuvem branca flutua dentro da noite: uma via láctea, que abriga cerca de 250 milhões de astros concentrados. É como se a população inteira de Brasil e Argentina estivesse sambando (ou dançando um tango) sob um mesmo teto. Convenhamos, missão impossível. Mas essa situação se repete com frequência. E neste frenesi, entre mortos e feridos, se tudo der certo, apenas uma estrela vai conseguir fecundar o óvulo.

O que você acabou de ler pode ser apenas fruto de algum rompante de elucubração precoce. Mas uma coisa é certa: se conseguiu chegar até aqui, certamente passou igualmente pela angústia deste momento singular. Todos somos frutos de uma competição feroz, uma maratona, em que somente uma estrela logrou sair-se vitoriosa.

Agora, pensa comigo: quanto de inveja acumulada, ambicionando chover torrencialmente, havia dentro daquela nuvem? E quanto de inveja congelou, de cara, sabendo que havia entrado numa fria, que não ia dar nem pra saída? Quanto de inveja ensaiou trapaça, intrigas, puxada de tapete, *fake news*? Uma inveja daquelas de dar inveja. E, em meio a tanta inveja, apenas uma estrela dentro daquela via láctea triunfou.

Inveja é sofrer por algo que (acreditamos) o outro tem ¬— e a nós falta: beleza, inteligência, um carro mais potente, seguidores, colágeno.

Tomás de Aquino vaticina: "Inveja é a tristeza pela alegria alheia".

E ciúme?

Muita gente confunde inveja com ciúme. Mas fato é que inveja é inveja, ciúme é ciúme.

O ciúme é uma espécie de miragem da inveja do outro. É achar que o outro inveja aquilo que você acredita como sendo seu. Faz parte da natureza humana. Ou você acha que a estrela que triunfou sozinha, lá no alto daquele primeiro parágrafo, não olhou para trás preocupada com a concorrência?

Instaurado o temor de perder alguém que acreditamos "nosso", passamos a querer — e, em casos graves, exigir — que esse "nosso" cumpra fazer isso ou aquilo que nós queremos. A depender de nossos desejos (ou loucuras), essa sensação pode se transformar em um processo de controle sobre quem acreditamos amar (imaginado ter um documento de posse por *usucapião* registrado em cartório).

Roland Barthes romantiza a questão: "Ciúme é um sentimento que nasce no amor e que é produzido pelo medo de que a pessoa amada possa preferir um outro".

Já William Shakespeare, perito em decifrar a nossa alma para vestir seus personagens, viaja na maionese: "O ciúme é um monstro que zomba da carne que consome".

Olha que história: preterido, Iago sente inveja de Cássio — que havia sido promovido por Otelo, em seu lugar. Tomado pela ira, Iago faz despertar em Otelo o ciúme pela esposa, Desdêmona (sinalizando que ela o estaria traindo com Cássio). Cego de ciúmes, o marido a enforca. Ao descobrir o embuste de Iago, Otelo se mata com um punhal. *The End.*

Uma tragédia icônica, que junta a fome (da inveja) com a vontade de comer (do ciúme).

Inveja e ciúme são emoções que a gente vive repetindo a torto e a direito (com frequência, mais a torto que a direito).

Mas pra que ficar fazendo tanto drama?

Prefiro pensar que sentir inveja ou ciúmes nada mais é do que fazer reverberar o frenesi de um padrão vivido — naturalmente — dentro de uma nuvem branca de estrelas competindo entre si. Um tango argentino (ou samba no pé) que se repete há milhões de anos.

NA FOSSA

A verdade nua e crua: eu estava na fossa, e fazia força para sair daquela posição. Precisava me recompor. Precisava me reerguer e seguir com os demais. Precisava controlar a ansiedade, aplacar a histeria dos pensamentos que zuniam alucinados competindo com o zum-zum do enxame de moscas em voos rasantes que ameaçavam a minha dignidade.

Eu tinha menos de três minutos para me livrar daquela situação, se quisesse ir pra casa naquele dia.

Estava mesmo na fossa, enquanto tentava analisar o contexto: acabo de completar o meu terceiro mês de serviço militar. Mantinha a esperança de que o comandante acatasse meu pedido para participar da *audition*; pelo menos eu teria uma chance de ser aprovado como guitarrista na banda de entretenimento de minha unidade. Mas ele me olhou com aquele olhar compassivo (eufemismo, o olhar era de escárnio) e foi logo dizendo: "Você é um garoto bacana e vai se sair um ótimo soldado; precisamos de combatentes que saibam empunhar uma arma, não uma guitarra".

Estou no cu do mundo, em um acampamento de guerra montado no meio do deserto, participando de uma série de treinamentos excruciantes, manobras perigosas e complexas com munição de verdade e muita tensão (era possível escutar o eco da última guerra incrustado nas montanhas que nos rodeiam).

Todos dormimos em pares, em pequenas tendas. Dormimos é modo de dizer, porque conseguir entrar com todo o equipamento pessoal — que inclui munição e granadas — naquela minúscula barraca compartilhada; se enfiar num saco de dormir com a roupa empapada de suor tendo ao seu lado outro soldado disputando com você quem fede mais; definir qual de seus músculos está menos dolorido e mais propenso a amortecer o fardo do corpo contra o colchão de plumas de... cascalho, só pra tentar aproveitar duas horas de sono — invariavelmente interrompido pelos gritos do sargento a testar nosso estado de alerta — às vezes nem vale a pena. Sem mencionar o cuidado que tínhamos de enfiar o fedor de nossas meias no cano de nossas botas, tentando conter a entrada dos escorpiões que, eu sei, dormem felizes no quentinho entre o meu saco de dormir e o solo e bem longe do chulé que agride o meu nariz e afasta o sono.

Era isso o que eu pensava enquanto estava na fossa, tendo como companhia apenas meu fuzil de assalto M16. Um fuzil em vez da guitarra. Um fuzil que vai me acompanhar pra tudo que é lugar, até a caminho de casa, até na cama, até debaixo do meu cobertor, até eu terminar o serviço militar. É o que temos para hoje. E já são três semanas neste fim de mundo (e é apenas o começo).

Hoje ganhamos uma folga. Se tudo der certo, finalmente vou passar o fim de semana em casa, no *kibutz*. E isso significa muita coisa: banho quente, roupa lavada, cerveja com os amigos e comida boa. E, para alguns como eu, uma rapidinha (uma rapidinha, porque o mais valioso é conseguir tirar o atraso com um sono de verdade em um colchão de verdade).

Passamos a noite toda arrastando, em silêncio, na escuridão do deserto, o desconforto de nossa carcaça carregada de armas e equipamento sobre o leito de rios secos feitos de seixos e pedregulhos. Um treinamento típico de resiliência em que caminhamos por quilômetros equilibrando nos ombros macas com colegas de farda simulando feridos — e que serve de bilhete para irmos para casa, na manhã seguinte.

Amanhecia, quando chegamos exaustos e sonolentos de volta ao acampamento. Tive pouco tempo para me organizar, ensacar e acomodar a roupa suja e catinguenta na mochila, engraxar as botas, tomar um banho ligeiro e vestir o uniforme limpo para, em seguida, o mais difícil: desmontar o fuzil e deixá-lo pronto, lubrificado e tinindo como se fosse novo, zero bala.

Sabemos que nem todos vão conseguir licença para ir para casa, hoje. A base precisa ficar protegida por um número determinado de soldados. O sargento passará a tropa em revista. Ele vai selecionar entre nós alguns otários que ficarão "de castigo". Basta uma barba malfeita, uma bala faltando no pente de munição, uma bota mal engraxada e... o pior dos temores: uma arma que não se apresente minuciosamente limpa por dentro e por fora (muitas vezes até estará, mas o sargento — pura implicância — olhará na contraluz para dentro do cano como se fosse um caleidoscópio, e gritará que está vendo... um elefante).

Seis horas e cinquenta e seis de sexta feira. Eu já estava pronto, aguardando a hora da inspeção, quando me deu aquela vontade. Corro em direção ao sanitário, uma casinhola feita de madeira com um buraco no chão para nosso alívio. De cócoras, observo aquele buraco quadrado a emoldurar um retrato vivo e fétido (e cheio de moscas) da natureza humana pintado em matizes tom-sobre-tom marrom.

Engraçado, mas naquele cubículo (palavra mais que apropriada) tendo menos de três minutos pra sair da fossa, eu me animava todo com a perspectiva de estar saindo da merda e indo pra casa.

Então (vocês não vão acreditar), o improvável acontece: na pressa, enquanto abotoava as calças... a alça do meu fuzil se desprende e ele cai dentro daquela catacumba aberta no meio do deserto onde Judas perdeu as botas que está cheia de merda — inclusive a cagada que acabei de fazer, agorinha mesmo.

Olho, desesperado, para a minha arma mergulhada com toda dignidade do mundo (em pé) — até a metade —, no meio daquele monte de bosta (nem vou comentar, mas era exatamente como eu estava me sentindo) sem saber o que fazer.

Não teve jeito. Sem pensar, me ajoelho na moldura daquele buraco negro e agarro-a pelo cano. Tentava não me sujar. Buscava afastar o nojo imaginando que era apenas um sorvete de chocolate aquela geringonça pingando horrores que carreguei pela mira até a bica mais próxima.

Vou poupar vocês dos detalhes. Lavei aquela merda toda a tempo de fazer sentido quando o sargento passou a tropa em revista.

Já no ônibus, a caminho de casa, me pego pensando: Que sortudo! Imagina se o fuzil tivesse caído com o cano pra baixo?!!!

Vou dizer só mais uma coisa: depois deste episódio, "estar na merda" ganhou uma nova perspectiva — pelo menos para mim.

DAS LETRAS

Parece um tremendo clichê a narrativa que vem a seguir. Mas veste como uma luva para descrever uma experiência única que eu estava a fim de contar já faz um tempo (aliás, esse lance de dizer "experiência única" é tão clichê — e parece tão pouco científico, né, não?). Só digo uma coisa: o que você vai ler a seguir aconteceu de verdade. E vem do túnel do tempo o que vou contar aqui, com todas as letras, em primeira mão.

Era 1984. Um ano que parece coisa de livro (mas saibam que aquele tal de "Big Brother" ainda nem havia nascido). Eu tinha uns 28 anos muito bem rodados quando resolvemos botar o pé na estrada, literalmente, porque dava para ver o chão da estrada pelo furo no assoalho do veículo. Destino? A mítica cidadezinha mineira de São Thomé das Letras.

Acredite se quiser, naquele carro velho caindo aos pedaços, e com a gasolina pela hora da morte, a cidade parecia ainda mais além. O último trecho da viagem não é para fracos: são 20 quilômetros de subida por uma estrada (eufemismo) de terra a ser vencida num fôlego só, se parar, o carro morre. No meio daquele sufoco, tentando aproveitar o embalo sem parada para abastecer, a gente naquela parada de ficar comendo poeira (o que pode servir de consolo para quem viaja com tão pouco dinheiro). Até que... finalmente chegamos! (e juro que a sensação era diametralmente oposta a "chegamos aos finalmentes").

São Thomé, à primeira vista, não é amor. Longe disso! Nem dava pra acreditar que viajamos tanto para chegar a esse ponto! Eu já não sabia o que era mais forte: a nossa fome, a nossa vontade de chorar, ou a nossa vontade de dar meia-volta... e volver. Famosa por suas coordenadas privilegiadas para a observação de OVNIS, cheguei me sentindo um ET àquela cidade descoordenada.

O que se via era uma balbúrdia de casas sem endereço, muita gente maluco-beleza, outros tantos místico-quânticos, hordas e hordas de hippies convivendo com os habitantes locais (um pouco mais normais) — tudo junto e misturado. Em cada cantinho, um violão, tocando todas as gentes, quase sempre com três acordes, em alguns casos, apenas dois: um "*caminhando e cantando e seguindo a canção*" sem fim naquele "*Sound of silence*". Às vezes, com sorte... "*Andança*".

Éramos um grupo de três pares de namorados, a cidade estava lotada de visitantes. Onde ficar? Por sorte, conseguimos alugar 1 (um, hum!) cômodo para os seis na casa de um casal de *hippies* que pareciam saídos de um musical da Broadway. Não sei se eles estavam querendo flertar com o capitalismo ou com a gente, mas muito provavelmente sonharam ficar ricos com uma ideia que se transformaria lá na frente em uma iniciativa de sucesso a ser batizada de "Hair-bnb".

Havia apenas uma padaria, que produzia, a muito custo, uma fornada de pães por dia. Como as nossas refeições se resumiam a pão com mortadela — os veganos, a pão e água —, a gente se apresentava cedo na fila (nós, e a torcida do Flamengo!).

Mas até que, depois de um tempo, depois de baixada a poeira que você comeu, depois de entrar no clima, você passa a sentir aquela energia eletrizante de poder realmente dizer que chegou chegando — e tudo passa a ser um barato total (e mais um alívio para o bolso).

Sendo jovens, bonitos (e sem falsa modéstia) e todos muito animados, ninguém ia ficar perdendo tempo pensando em conforto quando se tem aquelas cachoeiras de nomes tão sugestivos dando sopa: Cachoeira da Lua, Véu de Noiva, Paraíso, Shangri-lá. A maravilha das maravilhas, mergulhar de cabeça naquelas águas cristalinas, nus em pelo. E visitar as cavernas. E escutar as lendas sobre extraterrestres que costumam dar as caras por ali. E passar as noites em claro a fitar aquele chão de estrelas à espera de algum contato imediato de terceiro grau (com a música do filme retumbando na cabeça). De uma hora pra outra, você se sente abduzido de não querer mais voltar.

Algumas cidades têm luz própria. São Thomé das Letras, além de luz, tem uma trilha sonora própria: a dos martelinhos incessantes quebrando as pedras de mesmo nome, usadas como revestimento na bela arquitetura brasileira dos anos 60/70 — e que meu pai, arquiteto, amava tanto que mandou fazer uma parede inteira com elas, em nossa sala de visitas.

Não sei como a cidade está, nos dias de hoje, mas posso assegurar: é preciso ir para ver com os próprios olhos.

Pode até parecer clichê, mas afirmo, com todas as letras: São Thomé — é ver para crer!

SOLIDÃO

Oito horas de domingo. Voltando da minha corrida matinal, uso a entrada de serviço e me dirijo à portaria quando encontro meu vizinho conversando amenidades com o porteiro enquanto aguarda o elevador.

Meu vizinho é um senhorzinho de mais idade. Viúvo. Mora sozinho. É tudo que sei dele. Um senhor educado e solitário que, gentilmente, abriu a porta para que eu entrasse primeiro. Retribuo a gentileza acionando o número do nosso andar. O botão acende. Ele entra em seguida, calmamente. Num gesto automático, busca o painel para selecionar o número desejado. Percebo a lentidão de seus neurônios em processar a informação, estabelecer a relação de que a pessoa que está ao seu lado é seu vizinho de porta e que o botão correto já se encontra iluminado. Percebo o "click" em seu cérebro quando a intenção no gesto se vê confirmada no painel. Vejo seu rosto conversando consigo mesmo "Ah, já está!"

No silêncio de seis andares, fico contemplando a figura daquele homem de costas para mim. Passo a divagar sobre sua postura moldada com o peso da solidão; não se percebe tristeza naqueles ombros resignados que se preparam para entrar placidamente em casa marcando a passagem de mais um domingo. Um inoportuno presságio invade o ambiente para se postar na minha frente e pisa no meu calo: será que um dia estarei desse jeito? Me dou conta de que não sei o que é viver assim, vestido de solidão.

O elevador para. O botão apaga. Ele sai. Há um hiato. Ele estranha. E pergunta. Uma pergunta que soa meio sem nexo: "Você vai subir?"

Só então percebo meu apagão. E saio também, dizendo: "Ah, me desculpe. Eu estava perdido na solitude... dos meus pensamentos".

PRIMA VERA

A notícia triste me chega de Porto Alegre. E é como se fosse hoje. Eu estava feliz e empolgado com as mudanças de rumo e de trabalho. Buscava assimilar rotinas, elaborar processos, treinar a equipe.

— Nasceu! É um menino, lindo e saudável! Infelizmente, ocorreu algo imprevisto no parto e a tua prima Vera está sendo operada neste instante. O estado dela é muito grave. Não sabemos se vai sobreviver.

Há alegria, dentro da notícia triste que me chega de Porto Alegre. Dois tons distintos e dissonantes reverberando dentro da mesma notícia, naquele fim de agosto de 1997.

Na UTI o movimento é frenético. Uma equipe, com cerca de dez pessoas, tenta estancar a hemorragia. Monitores atados à paciente fazem a leitura em tempo real. O quadro não é nada bom. Noradrenalina, hemácias, plasma, plaquetas, ocitocina são aplicados sem sucesso. Nada consegue reverter a situação.

Minha família por parte de mãe é gaúcha. Meu avô Israel veio ao Brasil no fim da década de 1920, junto a uma penca de imigrantes judeus que aportou neste país fugindo das perseguições e *pogroms** perpetrados pelos bolcheviques após a revolução comunista. Na bagagem, praticamente a roupa do corpo e a experiência de estar sendo perseguido apenas por ser judeu. Seus pais também haviam experimentado, anos antes, *pogroms** de igual magnitude praticados pelos cossacos, e eram acusados por estes — que ironia — de semear e propagar o comunismo.

Meu avô tem uma vida modesta ao chegar: percorre a cidade em uma charrete puxada por uma égua, vendendo tecidos e colchas de porta em porta. A esposa, Esther, ajuda confeccionando roupas e enxovais para noivas, e cuidando dos três filhos: minha mãe, minha tia Gilda, que mora em Jerusalém, e o caçula, meu tio Oscar, que se tornou médico e cirurgião respeitado e bem-sucedido.

Tio Oscar sempre foi uma referência para mim, e continua sendo. Casou-se com uma das mulheres mais lindas que conheci pessoalmente, a minha tia Silvia (tinha a beleza de uma Jacqueline Kennedy, até mais bonita e estilosa), que foi professora, e depois diretora, do Colégio Israelita. Eles tiveram duas filhas: a minha prima Esther (que recebeu o nome em homenagem à avó) e a minha prima Vera. Ambas herdam a beleza da mãe. Ambas se tornam médicas.

Há alegria, na chegada das férias de verão. Como em todas as anteriores, embarco com meu irmão e meus pais para uma viagem de 20 horas até Porto Alegre. Não há celulares, não há videogame para se distrair. Levo comigo alguns livros, mas ler no ônibus enjoa. Adoro contemplar a paisagem transformando-se sutilmente ao longo da viagem como uma harmonia elaborada que faz a música modular para outros tons; apreciar os diferentes sotaques e sabores que vão se alterando a cada parada. Gosto de perceber as nuances deste país imenso — através da janela.

Ao chegar, vamos descansar um ou dois dias na capital, depois seguir no Fusca do meu tio até a casa de praia, onde passaremos dias maravilhosos com a minha família gaúcha em companhia das minhas primas — os melhores momentos de minha infância.

Acabo de entrar para a faculdade! Meu tio Oscar está tão contente. Nem bem iniciei meus estudos e ele me convida para conhecer o hospital onde trabalha. Orgulhoso, me apresenta aos colegas. As enfermeiras ajudam a me paramentar. Vou vestir, pela primeira vez, o gorro, a máscara, o avental verde. Aprendo a lavar as mãos de forma correta, a colocar as luvas, e vou com ele acompanhar duas cirurgias (quase desmaio). Meu tio está tão feliz com a minha escolha e vocação. Ele ainda não sabe, mas em poucos meses vou desapontá-lo: largarei a medicina para ser músico.

A minha prima Vera é a prima mais linda, alegre, inteligente e doce que alguém poderia ter. Excelente médica, passará na residência em primeiro lugar. Vai fazer especialização em dermatologia.

A minha prima Vera usava bombinha para asma desde criança. Um pouco antes de se casar, ela veio ao Rio com o futuro marido e ficaram hospedados na casa da minha mãe. Ela me diz que engravidar era uma de suas preocupações. Porque, na gravidez, não seria recomendável usar a bombinha. A prima Vera se casou. Veio a gravidez, feliz e desejada — e não precisou de bombinha.

O cheiro de carne queimada pelo bisturi invade o ambiente. É possível sentir a esperança sendo cauterizada, a vida se esvaindo lentamente. Há uma ampulheta trágica e impassível, o sangue a escorrer, a apropriar-se da função da areia, a marcar a contagem regressiva, inevitável.

A minha prima Vera terá um filho lindo. Ele vai estudar no mesmo Colégio Israelita em que a minha tia Silvia foi professora. E vai concluir os estudos em primeiro lugar. Não terá completado 18 anos quando passará para a Universidade Federal de Medicina. Orgulho de todos, vai se formar com louvor e, em seguida, passar para residência — também em primeiro lugar — e atuar como cirurgião em um dos melhores hospitais de Porto Alegre.

A frequência cardíaca vai caindo gradativamente. A pressão arterial agora é tão baixa que é possível entrever o silêncio pálido se insinuando prestes a emudecer a todos. Então, o assombro: um jovem e talentoso médico, usando de conhecimento e técnica, conseguirá reverter a ampulheta.

Salvando a vida de seu paciente, doutor Pedro, filho da minha prima Vera, fará florescer sorrisos nos olhos por trás das máscaras cirúrgicas de toda a equipe, 25 anos depois da notícia triste que me chega de Porto Alegre.

Mas a minha prima Vera não está aqui para testemunhar essa vitória — não nesta dimensão.

**Pogrom*: termo usado para denominar as perseguições e atrocidades cometidas contra os judeus que ocorreram na Rússia e na Europa Oriental com ataques massivos, assassinatos, e a destruição de casas, comércio, escolas e sinagogas.

O QUE DIFERE ESTA NOITE DAS DEMAIS?

מַה נִּשְׁתַּנָּה הַלַּיְלָה הַזֶּה מִכָּל הַלֵּילוֹת
*Má nishtaná há laila há zé mikol há leilot**

Sempre nesta época do ano, entre março e abril, rola um certo estresse nas famílias judaicas. A ansiedade toma conta, antecipando uma pergunta que não quer calar — e ninguém se arrisca a fazer: "E o *Pessach*?"

A Páscoa Judaica (*Pessach*) celebra a libertação da escravidão no Egito, ocorrida 1.200 antes da Era Comum. É uma cerimônia repleta de simbolismo em que toda a família (e agregados) se reúne em torno de uma mesa preparada especialmente para a ocasião. E aqui começam os problemas: Onde celebrar? Quem convidar? Quem vai preparar a comida?

E tem mais um detalhe: a data é flutuante, porque o calendário judaico é lunar. Pela tradição, o *Pessach* é celebrado sempre no início da noite em que surge a primeira Lua cheia a iluminar o céu em Jerusalém após o Equinócio da Primavera.

Toda cerimônia de Pessach começa com uma pergunta milenar — recitada em seu idioma original: "*Má nishtaná, há laila há zé mikol há leilot*?" (O que difere esta noite das demais?).

E o que difere esta noite das demais é que, antes de servida a ceia, há um roteiro fixo — a ser lido em hebraico, entre brindes com vinho e cantorias — a narrar a saga de um povo que, liderado por Moisés, atravessa a pé o Mar Vermelho, vaga 40 anos pelo deserto (vai vendo!), recebe as Tábuas da Lei e só depois de muito sacrifício consegue, finalmente, chegar à Terra Prometida.

Agora (e podem acreditar no que vos digo), sacrifício mesmo é segurar a fome escutando o desenrolar desta história — que todo mundo já está cansado de saber — por mais de uma hora, vagando pelo deserto dos pratos vazios diante dos nossos olhos, enquanto um oásis de aromas chega da cozinha dando *spoiler* do que virá a seguir.

A minha mãe era perita nisso: em fazer a gente delirar só de sentir o perfume das delícias que ela sabia preparar como ninguém — verdadeiros milagres de *Pessach*.

Para começar, os diferentes quitutes ganham mais sabor ao serem apresentados à mesa em seus nomes originais, em *ídich*, um dialeto falado pelos judeus da Europa e da antiga União Soviética — de onde vieram meus avós, que aportaram no Brasil, no início do século XX, fugindo das perseguições, trazendo somente a roupa do corpo e a tradição.

Fany escolhia os ingredientes a dedo, trazia da feira as verduras mais frescas, as frutas mais tenras, o frango recém-abatido, os três tipos de peixe que ela triturava no rústico moedor à manivela para obter o *Guefilte Fish* (bolinho de peixe) mais perfeito do planeta. O *Youch* que ela fazia (aquela sopa judaica de galinha, que cura tudo) era imbatível. E o *Kneidlech (matze ball)* que vai dentro da sopa, o melhor que jamais experimentei na vida. E tinha o *Kugel*, o *Lokshen*, o *Farfale*, o *Hrein*, o *Harosset*. Impossível traduzir cada prato — "maná dos deuses", define!

Era uma orgia orgástica aquele rodízio de comida judaica que a gente repetia de se acabar. Cada iguaria trazia uma experiência transcendente: o sabor e o saber de receitas passadas de mãe para filha aprimorados ao longo de séculos.

Bastava provar daqueles encantos e ser imediatamente abduzido para dentro de um livro do Bashevis Singer — Prêmio Nobel de Literatura, que escrevia em *idich* —, ou ficar flutuando para sempre no céu de uma tela do Chagall.

Faz três anos que ela se foi. E não deixamos de comemorar o *Pessach.* É preciso manter a tradição. E vamos continuar celebrando a cada primeira Lua cheia da primavera.

A gente vai se virando. Tentando replicar de cabeça as receitas da minha mãe, ou encomendando a comida pronta de pessoas que aprenderam como fazer. Não é a mesma coisa, mas quase. E, quando sentimos falta de algum sabor, a gente tempera com a memória.

*O título é a tradução da epígrafe.

SANTA RITA

Em março de 2020 o pandemônio se instalou definitivamente no Brasil (de fato, vinha se instalando desde o Descobrimento, mas isso já é outra História). De uma hora para outra, tivemos que adotar uma série de medidas extremas, como lavar as mãos, lavar as compras e, pior de tudo, lavar a roupa suja em casa mesmo — porque não havia lugar para discussão.

E tivemos que aprender a fazer isso tudo na marra, sem saber o que era mais importante lavar primeiro, porque a única coisa que o governo sabia fazer era lavar as mãos — e olhe lá. A ameaça do vírus era tão grande — e o desgoverno tão maior ainda — que todo mundo ficou com álcool na mão. Enfim, um deus nos... álcool dá!!! Resolvi que seria prudente — e justo — liberar a nossa diarista (mantendo o pagamento, claro). "A gente consegue se virar na limpeza", pensei, "mas... e a comida?"

A Sara nunca aprendeu a cozinhar. A Sara não entra na cozinha nem pagando! Culpa da avó, que a vida toda insistiu: "Você é uma menina tão inteligente; não vá ser como sua avó, nem como a sua mãe; você não nasceu pra ser dona de casa; vá estudar, vá ser dona do seu nariz e cuidar do seu próprio destino".

Ali, neste ponto, o destino estava sendo selado (dos dois lados): a Sara aprendeu com a avó a ser inteligente, e nunca aprendeu a cozinhar. E, enquanto a Sara se mantinha dona do seu nariz (que é lindo, por sinal), eu estava me sentindo como um cão sem dono (e sem ração) naquele início de pandemia.

Vejam bem, não sou um cara religioso, mas me considero um sujeito otimista que bota fé até nas coisas mais improváveis (meu casamento é prova disso) e buscava focar o lado positivo das coisas, no meio daquela desgraça. Me pego cantando *é sempre bom lembrar que um prato vazio está cheio de ar.* Tentava me convencer: "Quem sabe aproveito para fazer a tal dieta do jejum intermitente?" — pensando com meus botões (que andavam mesmo meio difíceis de abotoar).

Não sei se por excesso de carboidratos ou falta de pimenta lá em casa, um belo dia deu-se o milagre: fuçando na internet, a Sara descobre o fascínio, e logo vira devota da misericordiosa Santa Rita, a mãe dos esfomeados — a quem agradeço eternamente pelas preces atendidas e bênçãos concedidas.

"Oh, Santa Rita! Bendita sejas tu entre as mulheres por produzires os milagres de transformação que acompanhei pela fresta da porta da cozinha".

Vocês não vão acreditar, mas, depois de conhecer a dadivosa, não deu outra! Foi batata. A Sara virou beata e passou a seguir a missa daquela divindade de uma forma diferente, toda compenetrada, ajoelhava no milho (às vezes em lata), recitava em voz alta as receitas milagrosas feito feitiço de oração (e retrocedia o vídeo para ver de novo — justificando que era por causa da cebola).

O mais incrível é que a Sara foi aprendendo a rezar o terço daquela cartilha abençoada na colher medida. Primeiro encarou o básico, conseguiu fazer um arroz (soltinho) e, pela primeira vez, feijão... na panela de pressão. Depois vieram outros pratos, outros assombros, outros... fenômenos. Santa Rita foi a nossa salvação! Com suas dicas, as receitas viravam manjar dos deuses, maná caído dos céus para alimentar os famintos, verdadeiras miragens no deserto de nosso cardápio despencando de velho do ímã da nossa geladeira, até então vazia.

"Santa Rita, piedosa e onipresente. Deusa das pequenas e grandes fomes. Única em sua beleza, fonte onisciente dos aromas e sabores que saem de sua 'Panelinha'. Tu nos salvaste da tentação de ficar comendo miojo com salsicha e arroz com ovo pela eternidade. Pois saibas que eu também virei adepto convic-

to de tua sabedoria e passei a seguir vossa Torá com alho, alecrim e sal grosso. Que Deus esteja convosco, para todo o sempre".

(Hoje fiz até um bobó de camarão, o que não é muito *Kasher*, mas estava dos deuses!).

"Amém!"

RAPHAEL

Nem bem havia incorporado o PH à grafia do seu nome artístico quando nos conhecemos, no camarim, naquele início dos anos 1990, após o show que ele fazia em duo — violão e voz — com Ney Matogrosso. *À Flor da Pele* era sinônimo de casa cheia em todo o Brasil. E lá estava eu, frente a frente, com um dos maiores instrumentistas de todos os tempos.

Brinquei dizendo que era maldade com seus fãs mudar de nome assim, de uma hora para outra. Tanto na capa do LP como no cartaz, ele ainda era apresentado ao público como Rafael Rabello. Ele riu, me contou que a ideia partiu de uma numeróloga cabalista que assegurava que a mudança do nome de batismo lhe traria mais sorte e sucesso. "Tudo bem", retruquei, "pra mim, você já nasceu PhD". Papo vai, papo vem, nos tornamos amigos.

Raphael vinha produzindo num ritmo incessante desde que se recuperara do fatídico acidente de táxi que quase lhe custara o braço direito (no hospital os médicos afirmavam que já seria um milagre não precisar amputar, mas reiteravam que ele jamais voltaria a tocar). Desafiando as previsões sombrias, em poucos meses retornava magistralmente aos palcos ao lado da cantora Elizeth Cardoso; lançou cinco discos — seus — em menos de três anos e assombrava a todos com suas participações memoráveis em shows com Gal Costa, Paulo Moura, Armandinho, Marisa Monte, Paulinho da Viola, Caetano, Gil, e tantos outros.

Mas havia algo de inexplicável em sua urgência de viver tão intensamente. Às vezes parecia acuado, como se temesse (ou adivinhasse) que não lhe restava muito tempo neste mundo. Talvez a morte do Cazuza, talvez a ameaça latente naquele exame de sangue. Sim, estava apaixonado e feliz com a Ana, sua namorada nova, e, mesmo assim...

— Vou levar *Todos os Tons* pra São Paulo. Convidei músicos incríveis e quero você tocando comigo. Serão três apresentações no fim de semana, e uma gravação na TV Cultura para o programa Ensaio. Você pode?

Eu não sabia o que responder. Fiquei mudo. Quase tive um treco. Todos os Tons era um disco fenomenal com releituras da obra do Jobim, que tinha sido lançado recentemente, superando a marca de 20 mil cópias vendidas — um fato espantoso no cenário da música instrumental brasileira.

— Então? Você pode?

Claro que eu podia! E, mesmo se não pudesse, largaria tudo por essa oportunidade única. Era o tipo de convite irrecusável (e que me deixava apavorado só em cogitar aceitar). Fui sincero, e disse que não me sentia capaz. Pedi um tempo para pensar.

À época, eu tocava bastante, tinha uma escola de música que se tornara referência e ainda coordenava um projeto inovador para a divisão de música da Biblioteca Nacional do Rio de Janeiro. Mas não me sentia à altura de encarar esse tipo de desafio. Raphael estava a anos luz de distância de qualquer mortal.

Gênio, é o que me vem à mente quando penso nele. Um gênio de olhos claros, hipnotizantes. Difícil saber se o violão era uma parte dele, ou se ele era uma parte do violão. Um ser mitológico, metade homem, metade instrumento, é assim que eu o vejo. Não é exagero. Basta assistir ao vídeo do Raphael tocando "Luiza" (que fazia parte daquele show), em uma das interpretações mais impressionantes e emotivas de sua vida, para entender e se arrepiar.

Depois de dois dias de insônia, digladiando com meus fantasmas, respirei fundo e acabei... topando.

A banda, composta só de feras, foi pensada exatamente para trazer uma sonoridade diferente e distante da formação tradicional de chorinho, tão associada à figura do Raphael. Contava com Benjamim Taubkin no piano, Dininho no contrabaixo, Dirceu Leite nos sopros, o lendário Wilson das Neves (baterista do Chico) nas baquetas, comandando a bossa, e um guitarrista amedrontado (sem saber se ia dar conta do recado) — no caso, eu.

Fizemos somente dois ensaios para conhecer o repertório e combinar os arranjos. Eu me sentia um pouco travado porque o Raphael, sozinho, já vale — e soa — como uma orquestra inteira, e ainda tinha o Benjamim, um excelente pianista, incrementando a harmonia. Buscava ideias que pudessem contribuir sem atrapalhar (o que me resta fazer, junto a esses dois, que seja adequado e acrescente, sem ficar sobrando?). Consegui driblar a ansiedade e dar um jeito de adicionar ritmo e cor, onde cabia.

Era início de fevereiro de 1993. O jornal *Folha de São Paulo* estampava a seguinte manchete em seu caderno de cultura: "Lenda viva do choro toca em São Paulo".

Embarcamos cedinho. A produção havia organizado uma suíte de luxo para cada músico em hotel cinco estrelas. O combinado era almoçar, descansar um pouco e descer à tardinha para o *lobby*, quando uma van viria nos buscar para a gravação na TV Cultura. Óbvio que não descansei, passei a tarde inteira treinando, no meu quarto.

Quando nos reunimos, surge a novidade: Raphael, num arrebatamento de última hora, resolvera convocar um grupo com os melhores ritmistas da Império Serrano para participar da farra e dar mais sabor à festa. Eles iriam direto do aeroporto para a gravação. Até aí, tudo bem. O problema seria acomodar todo mundo, porque não havia mais quartos disponíveis. A produção havia sugerido outras opções de hospedagem para os sambistas, mas ele se recusava a alojá-los em um hotel de nível inferior ao nosso. Este era o Raphael.

Depois de apresentado o imbróglio, ele nos perguntou, gentilmente, se poderíamos dividir os quartos só aquela noite, porque, para o fim de semana, as acomodações já estariam disponíveis para os demais componentes. Todos concordamos, claro.

Naquela quinta-feira gravamos o programa ao vivo, direto e sem atropelos (está no YouTube) e regressamos tarde da noite. Eu podia jurar que Raphael estaria fora da partilha dos quartos. Qual o que!

Assim que chegamos ao hotel, ele me diz: "Aninha só chega amanhã. Se não se incomoda, divido meu quarto com você. Fiz as contas. Dessa forma tem lugar para todos. Só pegar as suas coisas e subir, que a gente se ajeita". Este era o Raphael.

Eu estava tão admirado com a postura, e gostava tanto daquele sujeito, que nem me incomodaria em dividir a mesma cama com ele. Claro que seria um pouco estranho, mas eu teria uma história incrível para contar.

Bato à porta. Entro um tanto constrangido, sem saber o que fazer. Então percebo que ele havia estendido a colcha sobre o carpete fazendo seu ninho bem ao lado do estojo aberto do seu violão. E do chão, com aqueles olhos de cristalina bondade, imperativo, declara: "A cama é sua". Este era o Raphael.

Eu não podia aceitar. Argumentei que ele era o solista, a principal figura do show, e precisava dormir bem. Argumentei que já estive em situações em que precisei dormir até sobre pedras e que um carpete seria mais que suficiente para mim. Argumentei, argumentei, argumentei. Eu parecia o Paulinho da Viola de tanto argumento. Mas não consegui dissuadir aquele garoto, que ainda se desculpou, revelando que costumava ter episódios frequentes de apneia durante o sono, que era para eu não me assustar. Este era o Raphael.

Foram três shows inesquecíveis, casa lotada, com cerca de mil pessoas em cada apresentação. Lá estava ele, reinando soberano com seu violão, acompanhado de músicos formidáveis. A direção era do Gerald Thomas. Não me esqueço da luz e da miragem de estar ali, dividindo o palco com aquela turma; e da reação do público, quando a cortina de fundo subia, no meio do espetáculo, revelando os percussionistas que entravam em cena numa batucada de bamba, servindo de cenário rítmico e harmônico, enquanto Raphael desentranhava das sete cordas um prelúdio de Villa-Lobos.

Pelas mãos do Raphael, os malabarismos em "Samba do avião" planavam em céu de brigadeiro, mas a sua vida pessoal mergulhava em turbulências. Nos dias de maior crise, ele costumava me chamar. Eu ia lá, como amigo, fazia o papel de irmão mais velho. Até que, finalmente, resolveu se tratar em uma clínica para desintoxicação. Um gênio de 32 anos, intoxicado pela vida. Não estive lá, mas, pelo que soube, ele foi sedado, teve uma crise de apneia e não mais voltou.

Quando me lembro dele, quando escuto seus discos, imagino um anjo com a capacidade de fazer chorar uma estrela.

TUM-TUM

"If you're lost, you can look, and you will find me time after time..."
(Cyndi Lauper)

Tempo é matéria relativa.

Ontem mesmo você tentava me explicar os conceitos por trás da pesquisa que pretende levar ao seu doutorado, coisa "simples": capturar e medir a energia dos elétrons submetidos ao estresse na fração elevada à 12ª potência — negativa — de 1 segundo. Ontem mesmo a enfermeira te colocou em meus braços dizendo: "Pode abraçar, é seu filho". Ontem mesmo, eu ganhava do meu pai um Chevette amarelo ao passar para medicina, que abandonei meses depois (a faculdade, não o carro). Ontem mesmo eu não tinha nem 7 anos e aprendia com ele os meus primeiros acordes ao violão.

Meu pai era o máximo. Inteligente, carinhoso, tocava e cantava como poucos (participara da primeira formação do grupo vocal Os Cariocas). Meu herói. Guardo com carinho a foto dele montando guarda no deserto diante do *kibutz* onde nasci, em Israel. Imagino as dificuldades que enfrentou quando decidiu regressar ao Brasil e refazer a vida tendo dois filhos pequenos.

Eu chegava correndo da escola e ficava observando meu pai preparar o tom correto das nuvens que ele incorporava ao reflexo no vidro do prédio projetado por ele. A obra resistia a sair do papel poroso que restava sobre a prancheta de arquiteto. Ficava assim por um tempo, cheia de perspectiva e vida, imponente, quase pronta para morar. Eu sabia que nos próximos dias ele inventaria de adicionar alguns passantes, talvez um cachorro na calçada, ajustar o verde das árvores e esperar secar a tristeza em seus olhos.

Aprendi a reconhecer a cor da melancolia que ele costumava vestir antes de se despedir de mais um desenho a ser levado para a construtora.

Eu tinha 14 anos quando os tanques calaram as ruas do Brasil. As coisas mudaram. A empresa onde ele trabalhava fechou. O pai-herói, referência e motivo de orgulho, deixou de lado seus projetos, e foi se transformando em uma pessoa comum, acomodada, resignada em seu destino. Comecei a desejar não ser como ele. Quem sabe ele pudesse ter ousado mais, arriscado mais, vivido mais? Foi o que fiz. E adiei quanto pude a ideia de ser pai. Quando você veio ao mundo, seu avô não estava mais aqui. Uma pena eu não poder compartilhar com ele do meu assombro e da minha alegria com o advento da paternidade.

Gostava de levar você ao judô, natação, basquete. Domar a aflição que vinha ter comigo na pracinha, ao perceber as mãos do desânimo tomando posse de sua bicicleta na constância que te guiava de encontro às árvores (será que tirei as rodinhas cedo demais?) e aconselhar: "Filho, olha para onde você quer ir, não para os obstáculos, que vai dar certo". E adorava (uffa) te colocar para dormir. Leonino, você se acalmava só de me ouvir cantar *"Gosto muito de você, leãozinho, caminhando sob o sol"*, ou dedilhar... *"Time after time"* (que eu solava ao violão). Quando finalmente se entregava ao sono, eu ficava avaliando quanto eu também tinha abdicado de minhas prioridades, alterado minhas escolhas, descido do meu palco, em como eu me tornara um pai... comum. Uma pena eu não ter tido a oportunidade de conversar com ele sobre essas coisas.

Ontem mesmo, e lá se vão 60 anos, a professora passou um dever de casa para reforçar os primeiros conceitos abstratos de gramática: sujeito, verbo, predicado. Você empaca diante do primeiro desafio, coisa "simples", assinalar qual é o verbo na frase: *"O coração do menino bateu acelerado"*.

Vejo seus olhos implorando por uma luz. Tento ajudar: "Filho, verbo é a palavra que promove uma ação. Que palavra nessa frase produz ação?" Silêncio. Eu quase consigo escutar as sinapses do seu cérebro em frenesi como torcida em início de *Fla x Flu*. Insisto: "Filho, leia novamente, não é tão difícil assim; que palavra denota uma ação, um movimento?"

Os olhos acendem: "Ah, pai, já sei... coração!"

Difícil esconder a frustração diante de um fracasso dessa natureza. Agarrado ao meu entusiasmo paterno, tento uma última cartada: "Mas filho... qual é a ação do coração?"

Buscando justificar a escolha — e apagar o desapontamento estampado em meu semblante — você coloca a mãozinha por dentro da camiseta, e batendo contra o peito entoa um convincente: "tum-tum, tum-tum, tum-tum".

LEVANON

Me preparo para escrever sobre uma viagem qualquer que eu gostaria de recordar. Meu devaneio, porém, desencaminha, insiste em me levar a escrever sobre uma viagem que eu gostaria de esquecer — e não consigo.

Verão de 1982. Eu morava em Israel, em um *kibutz*. Costumava acordar com o sol. Trabalhava nos campos até o início da tarde e atuava como músico algumas noites por semana. A Copa do Mundo aconteceria em poucos dias, na Espanha. Não consegui acompanhar os jogos da última, disputada na Argentina, porque estava cumprindo o serviço militar. Dessa vez, seria diferente.

Eu estava cansado naquela noite. Cansado e feliz. Participar da turnê com Matti Caspi, um dos melhores músicos do país, era mais que sorte, era um privilégio, parecia um sonho. Voltei tarde daquele show em Tel Aviv e me preparava para dormir. Em minha cabeça, os últimos acordes do bis se dissipando, os aplausos reverberando. Então as palmas. É nítido, não é sonho... escuto palmas... insistentes, e alguém gritando meu nome. Sim, tem alguém batendo palmas de forma insistente, grita meu nome... e recita uma senha... do lado de fora do meu quarto.

O coração avisa: "Levanta, que a coisa é séria, convocação de emergência".

Naquele tempo não havia celular, nem telefone, muito menos TV, nas casas do *kibutz*, apenas um rádio de pilhas, que eu mantinha desligado porque as notícias que vinham do Norte não eram animadoras. O Líbano estava mergulhado em uma guerra civil que se arrastava por anos. Um conflito de muitas cores, inexplicável e imprevisível como um jogo de pega varetas: xiitas contra sunitas contra cristãos maronitas contra drusos. Todo mundo contra todo mundo em uma rixa sem fim. No meio dessa caçarola em ebulição, guerrilheiros palestinos que haviam sido escorraçados pelo rei da Jordânia nos anos 1970 (e que eram odiados por todos) lançavam —do Sul do Líbano — bombas e foguetes justamente contra... Israel.

Levanon! Um país tão bonito, que tem como nome uma cor, a cor da paz. Do manto branco a cobrir o Monte Líbano com suas florestas de cedro, árvore bordada em sua linda bandeira. Um país onde se fala francês, que já foi considerado a Suíça do Oriente Médio, com uma culinária de dar água na boca, e um povo alegre de fazer amigos, com quem meus avós se encontraram e fizeram negócios quando judeus e árabes chegaram ao Rio de Janeiro, fugidos de outras guerras.

Israel é um país muito pequeno, cercado de países árabes (que somam milhões de soldados) a negar sua existência; seu exército é mínimo e cabe, sentado, na arquibancada de um Maracanã; por isso depende dos reservistas para complementar seus quadros. Como todos, eu já estava acostumado a cumprir anualmente o serviço suplementar de 30 a 40 dias, guardando fronteiras, ou nos treinamentos de reciclagem e saltos da minha unidade de paraquedistas. As datas são sempre informadas com antecedência (eu detestava receber aquele envelope pardo) para que a gente, e o país inteiro, possa se organizar e funcionar. As palmas à porta, àquela hora da madrugada, só podiam significar uma coisa: Guerra.

"Venha logo! Vamos entrar no Líbano" — escutei, atônito.

Visto meu uniforme. Em pouco tempo estou em minha base. Recebemos o fuzil, pentes de munição, granadas, cantis, uma pequena caixa individual de ração de combate e subimos nos blindados à espera de instruções. Tudo é muito rápido, quase hipnotizante. Um misto de frenesi, ansiedade e angústia desenham o tom do amanhecer daquele 6 de junho de 1982 envolto em um silêncio assustador — impossível de esquecer.

Enquanto aguardamos, aproveito para dar uma última conferida na arma e no equipamento. Ajusto o capacete, que, com meus cabelos compridos, aperta. O colete de munição e a mochila parecem pesar o dobro quando você é reservista. Os comandantes se reúnem, conversam entre si com nervosismo. Somos agraciados com algo que não faz parte de nosso aparato usual: máscaras contra gás e um estojo com injeções de imunizante para autoaplicação em caso de ataque com armas químicas. Logo entendemos o tamanho do desafio que teremos pela frente: a Síria de Assad (pai), com seus interesses escusos e que faz do Líbano seu quintal, resolveu entrar na briga, e sua doutrina militar faz uso dessas armas proibidas pela Convenção de Genebra (mesmo contra seu próprio povo). Partimos sabendo que a coisa vai ser feia.

Viajar para outro país em um carro de combate que acomoda oito soldados sacolejantes com sua bagagem explosiva não é uma experiência muito agradável. Nosso comboio segue por estradas estreitas e sinuosas, escoltado por tanques de fabricação israelense de última geração. A curiosidade faz com que eu me ponha em pé. Com a cabeça para fora do blindado, consigo apreciar os cheiros e o verde da bela paisagem do Vale do Bekaa com suas florestas, rios, até cachoeiras. As cidades ao sul do Líbano são majoritariamente de cristãos maronitas simpáticos a Israel. Eles nos recebem com genuína alegria, abençoam nossa chegada com sorrisos largos e gritos de entusiasmo. Mesmo os árabes das aldeias xiitas nos recebem com otimismo e, das sacadas, jogam grãos de arroz sobre nós, em sinal de reverência. Todos consideram que a nossa presença vai ajudar a encerrar a guerra civil que paralisa o país. Eles também querem se livrar dos grupos armados palestinos que se infiltraram em seus vilarejos com suas milícias tocando o terror para realizar ataques com foguetes contra a população civil de Israel.

Impossível dormir, enquanto avançamos mais profundamente em território libanês dentro daquele meio de transporte duro e barulhento. Viajamos com os faróis taticamente apagados, comendo poeira e engolindo fumaça. O som e o clarão dos bombardeios, ainda ao longe, fazem a noite parecer mais sombria. A tensão aumenta. O desconforto beira o insuportável.

Estamos todos cansados, apreensivos, sujos e famintos, quando amanhece. O comboio faz uma parada dentro de um vilarejo. Ouso colocar a cabeça para fora da escotilha e vejo que um de nossos tanques que seguia à frente capotou, bloqueando a passagem para todos. Vai levar um tempo até que seja arrastado e abandonado à beira do precipício. Aproveitamos para esticar as pernas e devorar nossas intragáveis refeições individuais de combate. Do alto do meu blindado, me espanto com o cenário inusitado: todos os carros estacionados nas ruas por onde passamos — a maioria Peugeot, e alguns Mercedes — encontram-se esmagados pela metade, como se fossem latinhas de cerveja, com parte próxima à calçada, intacta. É uma imagem surreal. Essas ruelas estreitas definitivamente não foram feitas para a passagem de tanques.

Nossos batedores, em seus jipes, descobrem uma rota alternativa por dentro dos campos. Precisamos chegar a uma colina em um ponto estratégico do rio Litani antes do meio-dia. A paisagem à nossa frente é bucólica: o sol borda ouro nas folhas dessas árvores seculares, o alvorecer tinge as nuvens de vermelho; abaixo de nós, o fulgor dos campos repletos de cerejas implorando para serem colhidas. Procuro enxergar beleza naquele cenário de guerra. Busco amenizar a angústia crescente e inclemente como o sol. O pressentimento se instala. E não é bom.

Avançamos com cautela pelo lado ocidental em direção à autoestrada que liga Beirute a Damasco — fuzis destravados. Ainda não houve confronto, mas sabemos que as tropas sírias estarão nos esperando. Todo cuidado é pouco. Chega uma ordem pelo rádio. Desligar motores, abandonar os blindados e se dispersar imediatamente. A lógica da guerra foge à lógica. Separar os homens, ao invés de mantê-los juntos e protegidos em seus veículos, é uma questão meramente matemática que visa minimizar danos: melhor perder "apenas" dois ou três do que oito de uma só vez.

Corremos, carregando nosso equipamento e nos espalhamos como fomos treinados a fazer. A floresta inteira, obediente, em sua sabedoria milenar, silencia. Um silêncio assustador... um silêncio que antecipa o drama de algum acontecimento determinante prestes a acontecer. Até o zum-zum das abelhas que me alegrava há pouco silencia. Então, meus ouvidos de músico conseguem captar o primeiro zunido... é um zunido diferente... não o alegre zum-zum de abelhas... um zunido diferente que se aproxima ameaçador pelo alto das copas dos cedros que eu admirava há pouco e rapidamente se transforma em um apito estridente. Primeiro um... depois outro... depois outro. Os zunidos, agora, são muitos, e em frações de segundo se transformam em apitos estridentes, que se transformam em detonações magníficas e apavorantes quando atingem o solo. Um medo em estilhaços desaba sobre nós. Os primeiros galhos se quebram como ossos... explosões derrubam árvores inteiras, dilacerando a carne de quem estiver por perto. Gritos... choro... abandono... no meio da floresta. A barragem de artilharia com morteiros chove impiedosa sobre nós. Estou atônito. Não temos muito o que fazer... bombas caem a esmo. É como uma loteria. O barulho é ensurdecedor, aterrorizante. Tudo passa a ser uma questão de sorte... ou azar. E eu não sei rezar.

Dentro de mim surge a mãe de todas as dúvidas: O que fazer com as mãos? Protegê-las com meu próprio corpo? Ou devo usá-las para tapar meus tímpanos? Preciso decidir, rápido: Que parte do corpo é mais importante pretender preservar?

A força aérea é acionada. Um F-16, em uma manobra precisa, lança uma única bomba, que acerta o alvo para aniquilar a fonte de nosso suplício. A floresta se enche de fumaça e dor. Tento focar apenas o vermelho das cerejeiras, que teima em se mesclar com o sangue dos feridos e mortos que são recolhidos por ambulâncias militares.

Um dos soldados ao meu lado é um amigo de longa data. Ele me conta que tinha diante dos olhos as passagens e os ingressos para Copa do Mundo quando foi chamado, no meio da noite, como eu. Ele estaria embarcando com sua família para Barcelona, hoje. De uma hora para outra, tudo foi cancelado. Por causa de uma guerra.

Cada homem em nosso pelotão tem sua importância e função. Um carrega o rádio de comunicação. Aquele outro, o fortão, arrasta uma pesada metralhadora *"Mag"*, de grosso calibre. Meu amigo, o dos ingressos comprados para a Copa, leva nas costas a maca dobrável. Eu levo comigo um míssil antitanque *"Dragon"*. E procuro me distrair cantarolando Djavan para afastar o medo... enquanto caminho... já sem fôlego... arrastando aquela geringonça (feita para estraçalhar aço) batendo contra as minhas costelas... montanha acima.

Na doutrina militar israelense, os oficiais andam à frente, liderando a tropa. São sempre os primeiros a morrer. Quando isso acontece, a patente imediatamente abaixo assume a função. Seguimos atrás de nosso comandante, um tenente-coronel. Todos o admiram. É um cara inteligente, professor universitário e, como eu, contra esta guerra estúpida. Gosto dele. Conversamos reservadamente, enquanto nos deslocamos com nossas tralhas de combate. A gente não deveria estar aqui no Líbano. Não temos o que fazer no meio desta bagunça. Não cabe a nós colocar ordem neste pardieiro.

Estávamos em formação de investida, quase chegando ao topo da colina, quando escuto o estalo seco como um graveto que se parte. Um franco atirador (que não vemos) errou a mira: o tiro, em vez de acertar a cabeça, acerta o ombro, arrancando o braço de meu comandante. Incrédulo, avisto poucos metros a minha frente um tenente-coronel ainda de pé, atônito, com seu braço direito pendurado por um feixe de músculos e trapos do uniforme. Um hiato congelado como uma foto... num átimo... o espanto antes da dor... antes de todos se jogarem ao chão... antes que um soldado enfermeiro muito bem treinado se arraste como um lagarto até o oficial que eu admiro tanto, e que resta agora caído, para lhe aplicar pinças cirúrgicas e tentar estancar o sangue que teima em pulsar de suas artérias ao ritmo de sua comoção. Depois, morfina. Tudo se passa em poucos quadros por segundo diante dos meus olhos. O enfermeiro imobiliza com ataduras o que sobrou do braço junto ao tronco do ferido, que vai de maca para um local de resgate. Um helicóptero é chamado. Será salvo. Esse deu sorte.

Impossível descrever o pavor que nasce diante do mergulho de um caça MiG-23, de fabricação soviética, em voo rasante sobre você. O ruído é ensurdecedor. E o susto! Acho que dá para morrer apenas do susto. Em seu encalço, um caça F-16 israelense passa rugindo colado na sua cauda e dispara um míssil. O piloto sírio nem teve tempo de se ejetar. Do alto da colina, o céu parece se transmutar em uma daquelas telas gigantes de *Cinemascope* de antigamente, onde é travada uma batalha aérea de proporções épicas; consigo contar: 1, 2, 3... mais de 20 aviões sírios abatidos... em uma única tarde. Pelo rádio, ficamos sabendo que todos os nossos voltaram para suas bases intactos.

Mesmo a vitória me entristece. Fico imaginando cada um desses jovens pilotos sírios que perderam a vida por uma causa vazia, em obediência a um ditador inescrupuloso. Penso nas mães, nas esposas, nos irmãos de cada um desses heróis que tombaram por conta dessa insensatez chamada guerra.

Tratores blindados da divisão de engenharia rasgam trincheiras improvisadas para que possamos nos proteger, minimamente. Acompanhamos o poder devastador de nossas bombas lançadas para anular posições sírias que nos ameaçam. Sinto pena. É horrível imaginar o que se passa sobre as tropas inimigas. Do outro lado da montanha, a cerca de 200 metros de onde me encontro, um único tanque *Merkava*, de fabricação israelense, acaba de destruir cinco modernos tanques T-62, de fabricação soviética, da temida armada síria. Cinco tiros certeiros — um em cada preciosa máquina. O metal retorcido, recém-rasgado, fumegante, expondo o corpo calcinado de seus tripulantes. Soldados inimigos em seus postos nos observam, alguns fogem. A experiência de olhar para um ser humano do outro lado da mira de seu fuzil e pensar "É ele, ou eu" é indescritível. E o cheiro. O cheiro da guerra é único, inesquecível: um misto de diesel, pólvora e borracha derretida, incorporado à fuligem de casas e móveis incinerados que se junta ao odor de carne queimada... e cal, muito cal — não há tempo para enterrar tantos mortos.

Chegamos a um povoado destruído por nossos bombardeios. Canos quebrados jorram água para todo lado. Eu estava exausto, imundo e faminto, as rações individuais de guerra acabaram logo nos primeiros dias. Suor, fuligem, poeira fazem com que o uniforme grude no corpo como se fossemos múmias. Passamos as últimas horas escoltando, a pé, nossos tanques para dentro do vilarejo. Ocupamos uma casa em ruínas a ser usada como abrigo. Louça e móveis inutilizados junto a objetos pessoais: um café que não teve tempo de ser passado, a cama desfeita, o porta-retratos, roupas, sapatos, a boneca. Aquilo me arrepia. Saio da casa tentando me animar. Examino a paisagem, tão bonita, tão inocentemente singela e bem cuidada pela gente desta aldeia, agora abandonada. Sinto um desejo incontrolável de buscar alguma forma de normalidade diante de tanto desconsolo. Há uma pausa na batalha, uma brecha de sanidade. Do lado de fora, de frente a um pomar, enlouqueço e resolvo despir o uniforme. Peço a um amigo que tome conta do meu armamento e sigo, nu em pelo, em direção ao cano de água estourado por uma bomba. O prazer de conseguir me presentear com um bom banho não conhece fronteiras. É engraçado perceber como um simples banho pode trazer a sua humanidade de volta.

Avançamos tão rápido que em poucos dias nossas tropas já cercavam a capital. De onde estava, eu podia ver... Beirute, com seus edifícios altos e seus famosos cafés instalados diante da costa do Mediterrâneo. Uma tragédia humana desfila à nossa frente: filas e mais filas de pessoas carregando o que conseguem em seus carrinhos de mão, carros amontoados de gente e de quinquilharias... e muitas, muitas carroças puxadas por animais; são milhares de pessoas tentando escapar da barbárie; há centenas de combatentes feitos prisioneiros por nossas forças. Então paramos. Israel não tinha intenção de ocupar o Líbano. O objetivo alegado pelo governo Begin era apenas o de fazer cessar os ataques perpetrados por guerrilheiros palestinos contra as cidades e a população civil no Norte de Israel. Porém, querendo ou não, estávamos lá, no meio daquele imbróglio, cercando o coração de um país inteiro, um coração já doente de seus próprios males.

A ideia inicial seria forçar as Nações Unidas a criar um cinturão de segurança e nele plantar observadores internacionais para obter um cessar-fogo duradouro. Ao mesmo tempo, negociar a saída de Yasser Arafat e seus homens, que haviam se refugiado no Líbano, e levá-los para algum país árabe distante de Israel, talvez a Tunísia.

Pergunto para um amigo que dia é hoje. "14 de junho" — ele me responde. Só então me dou conta: é o dia do jogo de estreia do Brasil na Copa do Mundo. Mais que isso, o jogo é contra a União Soviética — logo quem!

Estamos estacionados, aguardando decisões do governo. Um cessar-fogo de 24 horas foi negociado por questões humanitárias. Eu não queria perder esse jogo por nada. Ninguém queria. Conseguimos convencer um aldeão árabe a nos vender uma velha TV em preto e branco de 12 polegadas. Nos reunimos em uma casa abandonada, que transformamos em abrigo temporário, para assistir ao jogo que estava sendo transmitido... em árabe. Por sorte a luz não foi cortada. Meu amigo inconsolável segue se lamentando: "Eu tinha passagem e ingressos comprados para ver este jogo".

Em meu pelotão, a torcida pelo Brasil é unânime. Os soviéticos, porém, fazem o primeiro gol. Alvoroço! O suspense toma conta do ambiente. Há muita interferência. O sinal se torna intermitente. O jogo soluça. De uma hora para outra, todos se transformam de soldados em especialistas de antena. Óbvio que isso não ajuda. Tomo a iniciativa, vou até o armário detonado da cozinha e encontro o que procuro: não é o Bombril que conheço, mas o chumaço de palha de aço árabe que coloco com maestria na ponta da antena resolve — pelo menos parcialmente — nosso problema. Pena que não vimos o gol brasileiro do empate... mas vibramos quando o Brasil faz o segundo, virando o jogo para vencer os soviéticos. Todos me abraçam. Aquela hora em que dá orgulho de ser brasileiro.

A pequena TV em preto e branco com locução em árabe — mais o chumaço de Bombril — passa a fazer parte de nosso equipamento de sobrevivência e consegue derramar um pouco de cor no enfumaçado de nossos dias. Nela, conseguimos assistir ao 4 x 1 do Brasil contra a Escócia, ao 4 x 0 contra a Nova Zelândia e, maior das alegrias: ao 3 x 1 contra a Argentina. O mundo inteiro acompanha a Copa do Mundo, e nós seguimos mergulhados até o pescoço nessa guerra inútil. Um mês inteiro dentro do Líbano aguardando um desfecho enquanto o planeta segue girando, alheio aos fatos, naquele verão de 1982.

Ninguém sabe nada sobre o meu paradeiro. Não havia telefone, muito menos celular. A máxima que prevalecia para aqueles que ansiavam por notícias sobre mim era a do *"no news, good news"*; e, àquela altura do campeonato, eu não saberia dizer quem estaria sofrendo mais: eu me sabendo vivo, mas reconhecendo que posso morrer a qualquer instante, ou quem não sabe de mim, ansiando não receber notícia ruim.

Isso tudo passava pela minha cabeça quando somos instruídos a entrar em nossos carros de combate. Fomos incumbidos de tomar e depois manter um novo ponto estratégico mais adiante. Seguimos em caravana por uma estradinha estreita e sinuosa construída sobre o dorso de uma cadeia de montanhas. O comboio se move em velocidade lenta por uma trilha de vegetação seca e rasteira. Não gosto do cenário. Percebo o abismo nos dois lados do percurso. Um local mais que propício para uma emboscada.

Somos orientados a viajar em pé, com a metade do corpo para fora da escotilha superior, para proteger nossos blindados de um eventual ataque. Eu me posiciono para guardar a parte frontal do veículo. Meus companheiros cuidam dos demais pontos cardeais. O cenário é campesino e agradável aos olhos; a temperatura, amena, mesmo sendo verão. A visão da fileira de cerca de dez blindados avançando lentamente pelo desfiladeiro tendo um céu inteiro pelos flancos me faz pensar na fragilidade de uma rabiola buscando dar equilíbrio e coragem ao voo de uma linda pipa prestes a ser derrubada. Então acontece: um helicóptero sírio surge assim do nada e dispara um míssil que atinge o blindado imediatamente à frente do meu. Menos de 50 metros a separar nossos destinos. Não há nada a fazer. Guardo até hoje o sibilar daquele foguete teleguiado disparado de uma distância que pode ser contada em metros. O artefato é concebido para perfurar a blindagem e vai se autodetonar dentro daquele veículo movido a diesel que transporta munição, granadas, explosivos e oito companheiros nossos. O estrondo é estupendo. A paisagem mergulha em quietude. Ouço a paz e a potência daquele silêncio reverberando em meus ouvidos sempre que o episódio surge na memória. Uma experiência que transcende qualquer silêncio jamais escutado. Estou completamente surdo e atordoado. O mundo à minha volta cala. É uma experiência hipnotizante que, por alguns segundos, me remete àquele truque em que, num passe de mágica, a bela assistente colocada dentro de uma caixa crivada por espadas desaparece aos olhos dos espectadores quando os quatro lados se abrem ao mesmo tempo. Não sobrou nada. Um majestoso cogumelo de fumaça branca se ergue daquele palco construído com os escombros de algo sólido que se derreteu. Como não escuto nada, só me cabe acompanhar com os olhos a nuvem que se projeta na vertical a mais de 100 metros do solo. Então reparo... caindo... em câmera lenta... minúsculas partículas do que há poucos segundos compunha a existência de alguém que agora... será apenas uma notícia ruim.

Ao pó voltarás. Está escrito. Uma equipe especializada é acionada para coletar fragmentos e fazer chegar ao destinatário correto a notícia que implora para ser recusada. Cada soldado carrega, pendurada no peito, uma plaquinha confeccionada em alumínio, e outra em um minibolso de sua bota (por garantia), para esses casos. Isso ajuda, quando chegar a hora de dar a notícia indesejada. Sei de cor o número da minha plaquinha até hoje. E é interessante pensar que uso partes dele para compor minhas senhas de banco, e-mail e aplicativos — e tudo por conta de meros 50 metros.

Em meio à tragédia, finalmente recebemos uma notícia boa: seremos substituídos por novas forças, compostas por reservistas que ainda não haviam sido convocados. Dentro de um ou dois dias... iremos todos para casa.

Transportados em ônibus militares, passamos por uma revista da nossa guarda de fronteiras. Faz parte do protocolo, para evitar que nossos soldados entrem trazendo eventuais despojos de guerra. Em nossas mãos, apenas o armamento e a velha companheira — que damos de presente a uma criança árabe (com o Bombril), antes do aceno final.

Já na base, nossas armas e nosso equipamento são devolvidos. É feito um inventário do que foi perdido e do que foi gasto em munição. Só então me dou conta: eu havia conseguido passar um mês inteiro de terríveis e memoráveis combates sem ter disparado um único tiro.

Chegar à casa é um alívio. Ao mesmo tempo, uma sensação estranha: as pessoas estão ocupadas com sua vida cotidiana, como se nada houvesse, e não têm a menor ideia do que passamos.

Participo ativamente das primeiras grandes manifestações do recém-criado movimento Paz Agora, que pede o fim imediato do conflito e o retorno de nossos soldados. O governo não cede. Perdemos milhares de homens nessa tragédia inútil, e vamos voltar de mãos vazias. Querem negociar uma contrapartida utópica: garantir uma trégua duradoura para as escaramuças e bombas que ameaçam a população que vive na fronteira com o Líbano e a Síria. Depois de meses, Israel se retira definitivamente de lá, mas a calma na região não foi consolidada, e lá se vão 40 anos.

Voltei ao Brasil. Continuo sonhando com a paz. E que seja uma paz verdadeira. Sonho poder, um dia, escrever sobre uma viagem qualquer que eu possa recordar com gosto. Uma viagem qualquer... ao Líbano. Uma viagem em que eu possa passear livremente e degustar de sua maravilhosa culinária, tomar um café em Beirute, às margens do Mediterrâneo, e passar uma tarde inteira conversando sobre futebol com meus mais novos amigos, árabes e palestinos.

NO ESPELHO

Vocês podem achar que sou maluco, mas eu tenho um espelho de estimação. Ele fica sobre a pia do meu banheiro. Está ali instalado, como um melhor amigo, há anos. Acredito que seja mágico. Ele me reflete de um jeito único: nele — somente nele — ainda consigo me encontrar com quem sou (faz até eu me sentir bonito), e isso não é uma metáfora.

Nos dias em que já percebo o peso das bolsas que carrego sob meus olhos (menos no espelho mágico), cheias de histórias bem vividas, aproveito para refletir sobre quanto pintei e bordei com as linhas que embaralhei na palma das minhas mãos.

Nunca temi ir ao encontro dos encontros inevitáveis, especialmente os improváveis. Me habituei a aceitá-los, a deixar que tomassem posse dos meus sentidos, reverberar em meu corpo, mapear caminhos.

Aprendi a fazer da intuição meu GPS (O.K., havia um tempo em que ainda se usava bússola e, mesmo assim, funcionava).

De todos os encontros inevitáveis que fiz acontecer, é preciso reconhecer que um dia virá o mais inevitável de todos: o encontro com a finitude. Este, porém, nunca esteve no meu mapa — apesar de ter passado muito perto de topar com ela, por diversas vezes —; consegui desviar a tempo.

Ando pensando... quando esse encontro chegar, o que terei deixado de bom? O que de útil restará de mim quando eu me for?

Não deixo grande coisa. Talvez um punhado de pensamentos encadernados nos bons livros (gastos e por mim rabiscados) de minha estante; alguns textos meus, inacabados — se alguém se dispuser a ler antes de jogar fora —, e outros tantos mal escritos; a trilha sonora da minha vida nos LPs favoritos (ainda os tenho) a ecoar músicas que foram cenário de tanta andança. Alguém vai descobrir (e há de colocar) Todo sentimento, do Chico, para tocar na vitrola, a servir de referência e homenagem aos amores — todos — que tive a coragem de aceitar viver.

Às vezes me pego pensando que eu poderia ter sido menos condescendente comigo mesmo — e com algumas pessoas. Sim, eu poderia ter sido mais incisivo ao invés de ficar ruminando com meus molares. Poderia ter usado os caninos, acertar a mordida na jugular, quando deixei passar... e fiquei pastando.

Mas sou feliz assim: árvore crescida por inteiro compondo a paisagem, não um bonsai.

Vocês podem achar que sou maluco e sei que é improvável, mas quando eu partir gostaria de deixar como legado aquela imagem congelada, única, refletida no meu espelho de estimação. E só.

AGRADECIMENTOS

Sonhar alto é comigo mesmo, mas jamais imaginei ter um livro publicado com escritos meus. E, se eu me pusesse a agradecer de forma justa a todos os envolvidos ("culpados", talvez fosse a palavra mais adequada) por essa travessura, acho que daria um segundo livro.

Antes de tudo, quero agradecer à **Sara**, minha esposa e companheira, que esteve ao meu lado testemunhando essas histórias todas desde sempre — muito antes de sequer pensar em escrevê-las. Aliás (e vocês devem ter notado), optei por um nome judaico genérico que aparece com frequência neste livro. Cabe ressaltar, porém, que qualquer semelhança é mera coincidência.

Ao meu filho, **Amir**, um leitor voraz. O advento da paternidade me fez abraçar outros planos, traçar novos rumos, chegar aonde estou. Invejo (seria inveja ou ciúmes?) a quantidade de livros que esse menino já leu (será que ele vai ter vontade de ler este daqui?).

Obrigado, **Cyntia** e **Marcelo**, meus cunhados, pela paciência e pelo acolhimento nas vezes tantas em que acabei levando para nosso refúgio, no meio do mato, as minhas inquietações e angústias diante das páginas em branco.

E tem a **Cristina Jones**, publisher da InVerso, a quem tive a petulância de encaminhar meus manuscritos para avaliação (antes mesmo de a conhecer, pessoalmente). Obrigado, Cristina, por sua leitura carinhosa e seu entusiasmo contagiante. Você não imagina a minha alegria ao receber o convite para publicar esta minha ousadia com vocês.

Algumas paisagens aqui retratadas brotaram ao sabor dos ventos, suscitadas por anos de convivência, conversas e estudos com **Nilton Bonder**, rabino, pensador, escritor e amigo. Obrigado por me desafiar a ler os ensinamentos da Torá partindo de novos ângulos. Logo eu — que sempre pretendi ser o sujeito oculto da oração —, tive o privilégio de acompanhar seu dom de fazer brilhar as pedras de preciosa sabedoria incrustadas na tradição judaica. Obrigado por apaziguar minha incredulidade, me fazer entender que não há que se temer a D´us — basta reconhecer o sopro de Sua manifestação em tudo que é presente (em hebraico, הווה — *Hovė*: o aqui, agora).

Tive a sorte de aprender com o **Carlos Eduardo Novaes**, cujas crônicas me inspiram — e divertem — desde a minha juventude. Foi uma honra submeter meus primeiros e acanhados textos para sua avaliação crítica (pensando que ia levar uma lambada) e receber do meu ídolo valiosos conselhos e sugestões (e, de brinde, ganhei uma lombada).

Da galeria, acompanhava a beleza dos textos que o **Eduardo Affonso** compõe à perfeição (cada linha, uma lição), quando soube do lançamento de sua *Oficina de Crônicas*. Foi como um clarão! (claro que eu não jogaria uma oportunidade dessas no chão). Resolvi entrar de gaiato, saí do anonimato, e me inscrevi. Muito além de professor: um mestre. Obrigado pela salvaguarda cada vez que reagi às suas provocações tentando derramar no papel algo que prestasse. Um dia você me disse que escrevo como músico (otimista que sou, entendi como um elogio). Obrigado, Eduardo, por me apresentar a tantas ferramentas para que eu pudesse dar vazão ao meu processo criativo tresloucado (às vezes, o três fica para trás). Mais que ensinar a escrever (não creio ser possível, e eu sou a maior prova disso), você me mostrou que um resto de toco, um desgosto, um estilhaço na estrada, uma pedra... não é o fim da picada... não é o fim do caminho.

Todos os escritos aqui reunidos germinaram naquelas noites de terças-feiras, com exceção de um. O ensaio que produzi, em 2011, para um workshop com a **Tatiana Salem Levy**, escritora que admiro muito, e que me acolheu com carinho em seu curso. Um conto que esteve engavetado por cerca de 12 anos: *Adamá*. Uma história construída com dois monólogos que se entrelaçam em dueto tratando de um tema que sempre me fascinou, o dos encontros improváveis.

Fim de julho de 2020. Jamais me esquecerei do susto ao clicar no botão de [ENTRAR] na sala da Oficina de Crônicas (a primeira sala virtual a gente nunca esquece) e ver surgir aquele grupo heterogêneo de pessoas — todas desconhecidas para mim. Quem diria? No auge da pandemia e medidas de isolamento... o feitiço do encontro. Tendo a bênção de nosso patrono Carlos Drummond de Andrade, vimos nossas raízes se entrelaçarem para se consolidar em um pomar de cítrica cumplicidade que ainda me espanta (e rende bons frutos). Obrigado, queridos *"drummonders raiz"*: **Adriana, Carlos, Cássia, Fernanda, Josély, Mônica, Paula, Tati, Toni,** por cada palavra escolhida para fazer fluir seus textos que tanto me emocionaram e ensinaram.

Aprendi muito lendo e trocando textos com os demais colegas cuja escrita passei a admirar. Muito obrigado a todos por suas valiosas dicas, por todo apoio e torcida. Aos amigos de toda a vida, impossível falar a cada um, mas sei que todos sabem o quanto sou grato a vocês.

Quero fazer um agradecimento especial à cara e querida **Fernanda Morishita,** arquiteta e escritora, colega de turma que se transformou em melhor e inseparável amiga (nada mal, considerando os 850 km de distância). Sem a sua ajuda, este livro não seria possível. Você me incentivou a acreditar na minha escrita desde sempre. Obrigado, Fernanda, pela precisão, competência e generosidade com que você leu cada passagem aqui contida; por sua dedicada parceria; por me guiar, sempre que me enroscava no cipoal de adjetivos, no encaixar dos verbos; e pelas sugestões todas; por me ajudar a podar aqui, regar ali; por sua extraordinária capacidade de perceber a medida certa das coisas, de apontar desvãos e aparar espinhos, permitindo ao leitor percorrer essas trilhas com menos tombos, arranhões ou ruídos.

E para aqueles que levaram uma surra buscando a solução do problema, bastava sair do quadrado.

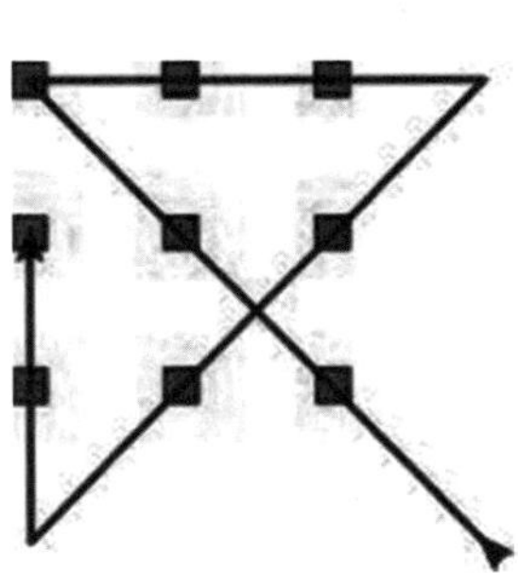

www.editorainverso.com.br

facebook.com/editorainverso

@editorainverso

(+55 41) 3254-1616 e 3538-8001

(+55 41) 99798-7623